百年大师经典

張大千

张大千 著

天津出版传媒集团
天津人民美术出版社

图书在版编目（CIP）数据

百年大师经典. 张大千卷 / 张大千著. -- 天津：天津人民美术出版社，2021.12
ISBN 978-7-5305-9817-7

Ⅰ. ①百… Ⅱ. ①张… Ⅲ. ①张大千（1899-1983）—文集 Ⅳ. ①J12-53

中国版本图书馆CIP数据核字(2021)第233900号

百年大师经典　张大千卷
BAINIAN DASHI JINGDIAN　ZHANG DAQIAN JUAN

出　版　人	杨惠东
责 任 编 辑	袁金荣
助 理 编 辑	刘贵霞
技 术 编 辑	何国起　姚德旺
责 任 审 校	甄丽洁　李登辉　张　溪
出 版 发 行	天津人民美术出版社
社　　　址	天津市和平区马场道150号
邮　　　编	300050
电　　　话	(022)58352900
网　　　址	http://www.tjrm.cn
经　　　销	全国新华书店
制　　　作	天津印艺通制版印刷股份有限公司
印　　　刷	天津印艺通制版印刷股份有限公司
开　　　本	710毫米×1000毫米 1/16
版　　　次	2021年12月第1版
印　　　次	2021年12月第1次印刷
印　　　张	9.5
定　　　价	68.00元

版权所有　侵权必究

目录

传奇人生

我的家世 / 3
我的老师曾农髯与李瑞清 / 4
我的二哥张善孖与他的虎儿 / 8
我的十弟张君绶 / 13
我的知音李秋君 / 17
我最难忘的两个一百天 / 21

细说敦煌

细说敦煌 / 39
临抚敦煌壁画展览序言 / 43
临抚敦煌壁画画集序 / 44
我与敦煌壁画
——亚太地区博物馆研讨会专题演讲词 / 45
谈敦煌壁画 / 48

书画绪论

画展序文三则 / 63
四十年回顾展自序 / 65
谢玉岑遗稿序 / 67
《大风堂书画录》序 / 68
《大风堂名迹》序 / 69

《大风堂名迹》再版序 / 71
张目寒《雪庵随笔》序 / 72
张岳军先生印治石涛通景屏风序 / 73
《长江万里图》跋
　　——贺张岳军先生八十寿辰 / 75
《吴子深先生画谱》跋 / 76
《马木轩（寿华）先生书画集》序 / 77
陈芷町画展引言 / 78
环碧庵聊可亭序 / 80
《叶遐庵（恭绰）先生书画集》序 / 81
毕加索晚期创作展序言 / 84
《清湘老人书画编年》序言 / 86
明末四僧画展序 / 87
王一亭（震）先生书画集序言 / 88
跋《张善孖先生百龄纪念画集》 / 90
《徐宾远墨竹集》序言 / 91

绘事语要

画说 / 95
论临摹 / 99
画梅 / 100
画兰 / 101
画菊 / 102
花卉 / 103
没骨花卉 / 104
工笔牡丹 / 105
写竹 / 106
山水 / 108

工笔山水 / 110

写意山水 / 111

浅绛山水 / 112

雪景 / 113

物理、物情、物态 / 114

纸墨 / 115

用笔与水法 / 117

翎毛 / 118

工笔翎毛 / 120

画鱼 / 121

动物 / 122

人物 / 123

须发 / 125

仕女 / 126

点睛 / 127

题画、用印、装裱 / 128

鉴藏丛谈

如何鉴定古画 / 133

我收藏古书画的真正目的 / 135

题画十则 / 136

故宫名画读后记 / 142

| 传奇人生 |

我的家世

我们家是在前清康熙廿二年（一六八三年）迁蜀卜居内江，原籍广东番禺。先父上怀下忠号悲生，先母曾太夫人讳友贞。我们兄弟十人，另有一位姐姐，大哥名荣，我们兄弟都是单名，二哥名泽子善孖，别字虎痴，三哥名信字丽诚，四哥名楫字文修，五、六、七哥早故，我亦不能记其名，我排行第八，父命名为权，后改为爰，小名季，遂号季爰。九弟名端字正修，十弟名玺字君绶。

我记不得什么时候开始学画，人家说我九岁业绘事，由于先母能画，兄弟们都会画，尤以家姊琼枝得益慈教甚多，她画得最好的是花卉，我小的时候多由大姊教导。

我生于民国前十三年（一八九九年，光绪二十五年）阳历五月十日，旧历四月一日，我家在内江是望族，先父乐善好施，讲究美食……

我在十二岁以前，即辛亥革命之前，均在家塾念书，多由大姊琼枝教导，这位姐姐就在辛亥年一九一一年三月出嫁，不意八月即因病不幸误服药物而亡。我即被送入天主教福音堂教会学校读书，因为我们家是信奉天主教的。

三年后我到重庆念求精中学，读初中的时候样样功课都好，就是算术最糟糕，没有一次考及格。

在求精中学的时候，我听见一位同学说办江津中学的张鹿秋先生学问最高，张先生原系前清举人，我就转到江津中学去读过一学期，现在台湾的同乡刁培然先生就是我江津中学的同学。

我的老师曾农髯与李瑞清

我们曾老师讳熙,字子缉,别号农髯;李老师讳瑞清,字仲麟,别号梅庵,又号清道人。我拜在两位老师门下,学习书法。外间传说我学画,这是不正确的。

那时候,我们对老师恭敬极了,从来不敢问什么问题,拜老师后,经常去侍候老师,静听老师与朋友们谈书论画,就等于在受课,从来不敢插嘴接腔。每月把自己写的字送到老师家里,由于学生多,课业都堆在那里,老师也未见得有时间批阅。

曾老师出身贫寒,曾师降生时,适逢大雪寒天,破屋积雪,太师母产后,抓吞生雪解焦渴,其贫窘可知。因此曾师侍母至孝,人称"曾孝子",曾在水灾泛滥中,背负老母涉水逃难。

前清科举,曾师在乡试之后,揭榜之际,士林关注,曾师十载寒窗苦读,为报母恩,自亦以功名为重;他因学友关系,得进入榜房看开启密封评定的名次。乡试题榜的规矩,从第八名开始报起,曾师对八、七、六、五等名报名时,毫不注意,同伴皆急,也以谑笑语气说他名落孙山了。曾师却以极有自信的肯定态度说:"我榜上一定有名!"当报过第四、第三名之后,曾师原本一直闭目,此际突然睁开眼睛说:"第二名亚元一定是我!"果然如此。友伴惊异质问:"何以自知必是第二名?如果要吹牛,何以又不吹中解元?"农髯先生答以:"我的文章生龙活虎,只能中第二名亚元,第一名解元他们还要选炉火纯青的!"

曾老师这份自知之明,真了不起!

我们曾老师人最厚道,对我们李老师感情最挚,李师在民国初年家境困窘,曾师把学生都介绍到李师门下,凡是有人向曾师求题字的,曾老师说李梅庵的字比我写得好,你们应该去找他。当年题字多有润格，曾师用意良苦，很技巧地为"清道人"增加收入，其胸襟风范，重道义而知体贴的仁厚作风，令人感动。

曾老师不仅对他的好朋友"清道人"如此，对我们学生辈亦厚道顾及下情，我自己就有一次经验。老师加惠于我，还要顾及我们学生的自尊心，以婉转的方式出之，曾老师真是太仁厚了！

那一次，是我买了一位江西籍的老画家一批收藏字画，我记不得他的姓名了，这位老画家卖了收藏，要急于回原籍，我记得议的价是一千二百银洋，我只付了四百定洋。我人在上海，我找四川家里要的钱，还未汇到，所以欠了八百银洋未付，这件事不知怎么被我们曾老师知道了。

有一天，曾老师突然到我住的寓所来了，这是向来没有的事。老师光临，当然是不胜荣幸的啰，赶紧奉茶接待，心想不知老师有何指教。曾老师明明为这件事而来，当时他却不直言，还绕个圈子说："我今天就在你家里吃中饭好了，我听说你的厨子川汤做得很好，不要麻烦弄什么别的菜，川个汤就行了！"我更是受宠若惊，赶快吩咐下面准备。这时他才对我说："你是不是买了某人一批收藏品，不错，都是珍品。我听说他急于要回原籍，你的钱还没有汇到吧？是不是还差八百大洋？这样好了，我昨天恰巧收到一个晚辈送你师母的寿礼有一千块钱，留两百银洋给你师母，她就很高兴了，这八百块钱拿来给你先付给人家，以免误了人家的归期！"说着，立刻就叫进跟班的来，吩咐回家去拿了钱马上送来。我才明白，曾老师哪里是要来我家吃饭嘛，他要做出便中来的样子，吃顿饭正好派人去取钱，以免我尴尬不安。你看我们曾老师多能为别人着想，对学生、对外人都处处体贴入情，真是忠厚长者，仁义之风！

临川李老师，曾做过前清江苏提学使，创办两江师范，民国后改为东南大学，亦即中央大学的前身，中央大学校园里还有纪念李老师的"梅庵"。李老师身材魁伟，方面大耳，俨然伟男子大丈夫气概，他有兼人之量。我被曾老师介绍拜在李老师门下时，李师究竟是在前清做过大官的人，虽然穷了，他家的排场架子还在。譬如说他的门房，总还以藩台大人的门官自居，我拜了老师好久，都见不到我们老师，都被这位门官大人给回了。

起初我还不晓得是什么道理，每天去了，那位门官也总是客客气气的，笑嘻嘻的，不是说大人正在书房见客，就是说大人欠安，在休息不见客。我也不怀疑，后来还是我们先君注意到了，我才知道屡被挡驾的道理。

我父亲有一天突然问我到李老师处受教的情形，我说拜过师后，还未见到过李老师的面呢！他问为什么？……我的先严眉头一皱，马上又问："送过门官的见面礼没有？"我说，没有啊，也不知道有这规矩！我的先严说："难怪你总是被挡驾呢，这份礼不但要立刻补送，而且还要送重礼，起码要封四五百银洋！"

送了门官的礼后，果然就不同了，每次去了，门官总是先有一番情报，说大人正在书房写字，让我进去正好，有一次"清道人"临写《礼器碑》，我能适时在旁观摩见识，都是得助于门官的关照！

以后我们才知道，不但门房重要，老师身边的书房管事也重要。以往向名家求字求画的，除了要致赠润格外，另外还得送一份专给管事的"润格"，这一关如果未打点周到，就会被压下来的。譬如说，就是我们老师想到了说某人向他求的字，他兴致来了，吩咐管事把某人送来的纸拿出来写。如果某人未有送管事的礼，管事就会耍花枪，假装忘记了，或说找不到，反而拿了一份他受过好处的请托出来说，某某先生也是求过您的，先写这一幅吧。主人想想反正都是要写的，就写了这幅。写字画画都是有兴致的，在有兴致时写的画，当然是好些的啰，他明明有意给甲写的，反而被乙占先了，这就在管事帮不帮忙的关键。所以懂得求字画的人，送管事这份"润格"绝不能省！

记得拜在李师门下受教时，一日侍饭，李师胃口奇大，且嗜肉食，李师家中的红烧肉，半斤一块，大如手掌。李老师那天在饭桌上对我说："听说你还能吃点肉，来陪我吃饭。"说着就夹了一块红烧肉给我放在饭碗上。那块红烧肉之大，已遮盖了整个饭碗，我吃完了之后，老师又夹了一块给我，长者赐，不敢辞，那一顿饭，我勉强吃了三大块红烧肉，真是吃不消。后来我能吃肥肉，可以说是李老师训练的。

李老师胃口好是出了名的，他一人可以独吃一桌酒席，盘盘空。

如果请他吃饭,熟朋友都知道规矩,酒筵之后,要特别为他准备两只烧鸭子,由他一人独吃,否则他就不饱。

以前艺林传说清道人"日进百蟹",这件事我知道,实际上还不止此数。有位同学知道老师爱吃螃蟹,一次送来三百只蟹,老师两天就吃完了,不仅蟹黄,连爪子肉都吃得干干净净,确数,一天就吃了一百五十只。

我们李老师日后穷了,但胃口又奇佳,上海文人雅集中有个组织叫"一元会",每个人每次出一块钱份金聚餐。我们李老师时常这一块钱都付不出来,开玩笑的朋友,当时还有打油诗取笑他。我还记得几句:"白吃一元会,黑抹两鼻烟,道道非常道,天天小有天……""小有天"是当时最有名的馆子,后两句是捧场小有天的菜,道道非常道,最缺的是还有后面两句:"敲门一道人,此处不结缘。"

我们李老师常作道士装,别号清道人。上海的习惯,访友若系熟人,多走后门。一次李老师去访一个朋友,敲了后门,新换的娘姨不认识他,误会为化缘的道士,一看他就要关门,说:"此处不结缘!"

我爱旅行游山玩水,实际上也是受李老师的启迪,我记得李老师说:"黄山看云,泰山观日,实属生平快事!"当时我就暗下决心,一定要追求老师说的生平快事!

李老师虽在前清做过大官,除了官服是丝绸而外,自己的衣物都是粗布衣履,除了吃得多,一切自奉甚俭。

李老师很固执,革命军推翻清政府后,他一直以前清遗民自居,头上的辫子不肯剪,只好盘在头上作道装了,他写的字也就爱签"清道人"的别号。李师由于本身在前清为官时清廉刚正,在学术界的地位又很崇高,故民国年间也在教育界任职。病故身后萧条,曾师出面料理后事,学生们自应效力,曾师曾以"清道人"所藏墨宝多件交我,嘱折价千元银洋以理后事。当时我年幼不能当家,我二家兄自不同意我领受墨宝折价,命我净送三百银元作为奠仪。

我的二哥张善孖与他的虎儿

我二家兄与老虎的龙门阵，摆起来有个把钟头都摆不完，这张照片上的老虎，是我二家兄养在四川成都的第一只，是由日本买回来的乳虎养大的，当时我二家兄还未留胡子，只留唇髭，可见是早年的事了。

老虎有十八个月就长足了，这只虎可惜只养了三年多就死了，我想是因为成都潮湿的气候不适宜，还有是我们四川乡下人轻易不肯杀牛，经常只能以猪肉喂它，不对胃口，而且虎常吃猪肉就生痰，也是病因之一。

四川这只虎死后，我二家兄很伤心，一直就想另外物色一只虎来养，他喂老虎出了名，后来养在苏州这只虎就是朋友赠送的。

有位郝梦麟军长，他在江西追剿土匪进入贵州，就在贵州郎袋山捉到两只三尺长的乳虎，既不能纵虎归山，行军带虎也不方便，想到张善孖爱虎，特别打了一个电报给我家兄，他们把两只小虎送到汉口，我二家兄特自苏州赶到汉口迎虎，可惜送到汉口时已死了一只，剩下的一只，一般客货船都不肯运，后来还是搭上何敬公运军火船，转运到南京。由南京到苏州的火车，只允放在行李车厢里，不准上客车，我二家兄为了照顾他的宝贝，也就一直坐在行李车厢里回到苏州寓所网师园。

网师园是苏州有历史的名园，南宋时代由史弥远所兴建，清康熙时代属瞿姓，故又称瞿园。洪杨之乱后，同治年间，网师园又属于曾文正公的得意门生李眉生所有，一度成为江苏的藩台府，后来奉天总督招降，网师园由张作霖送给张锡銮养老……张锡銮的儿子张师黄与我是朋友，他知道我兄弟俩喜欢有园林之胜的居所，就把网师园借给我们住，作为我们苏州的居所。在网师园我们住了五年，老虎就养在这儿。

这只老虎，我二家兄叫它虎儿。虎儿十八个月就长成威态十足的猛虎，在网师园里从来不加链锁，也不关铁笼子，它与我家里的人，大小都友善，客人多数也可以同它玩。我二家兄住在网师园的最后进芍药圃，虎儿常追随二家兄左右，有客人到访后，虎儿也随主人送客，一进进的庭院，它都跃门过坎，唯独不出大门门坎。到了大门口，它前足就搭伏在大门的门坎上，表示送客，虎儿从来不越雷池。

虎儿讨厌的东西是桶，不论什么桶，它一见到就要以咻吼之声，表示发怒，甚至它看见用人在以桶提水，它会一掌打翻。我们研究是何原因，最后才忆起，它在山中被捕时，由于山中无适合工具，就用大桶把它们装着，大概以三尺长的躯体，蜷曲难过，伸展不开，从此就厌恶了，看到桶就联想到不愉快的体验，虎儿的灵性，流露于爱憎的表示。

虎儿长大后，我们任其在园中自由活动，朋友们也有提出忠告的，认为猛虎终将有伤人的危险，尤其以常来造访的诗人王秋斋劝说最力，他建议要用佛法度化猛虎！

我们就向当时最有名的高僧、苏州报恩寺的印光法师求度化猛虎。我们把虎儿带到报恩寺，说起来实在有些奇怪，印光法师坐在法台上盘膝打坐讲经说法，老虎伏卧在他的法台下，足足有两个多小时，老虎驯静地伏在那儿一动都未动！

印光法师为虎儿赐名"革心"，并告诉我们先不要给老虎吃生肉，以煮熟的肉代替，逐渐就可以馒头喂它，革心如能到达这一天，自可完全度化而不致伤生了。但是，老虎不吃熟肉，这件事却一直未能办到。

我们在网师园本来养了两只狗，一只猎犬，一只狐狸狗，虎儿似不喜那只猎犬，我们避免触怒虎，把猎犬送朋友了。老虎却很喜欢那只小狐狸狗，狐狸狗的名字就叫狐儿，"虎儿""狐儿"两个名字音极相近，但我二家兄叫虎儿或狐儿时，老虎绝不会听错，一叫虎儿，老虎就会以吼声相应！

老虎常与狐狸狗嬉戏，互追互逗，老虎总带点怜惜的爱护态度对狐儿，从来不会令狐儿受伤，倒是狐儿常常借小撒野发娇，去咬虎儿。老虎如果真被咬痛了，它就会以它的虎掌忍又忍的，轻打狐儿一个耳光，虎儿再说手下留情，狐儿也受不了。每闹玩到这一地步，狐儿就知道闯祸了，夹着尾巴就逃，久久不敢见虎儿，老虎耐不住又要去找狐狸狗来玩，说起来真有味道！

老虎还有一件不喜欢的就是红色，我们客厅里原本有一套红色沙发，被虎儿把每一张都抓烂，换了别的颜色，它从不破坏。

人兽之间也有缘分，我们家里的小孩子，六岁的儿子心一，与四岁的女儿心庆，就是他们两个，老虎不肯同他们玩，其他的孩子都可以同它嬉戏。朋友中间，曾经做过某军参谋长的李芷谷，这位先生是儒雅文人，琴棋诗画皆能的名士，可是老虎最不喜欢他，一见李来，虎儿就要作怒吼状，无以解释，我们只有归之于缘分！

我二家兄与虎儿生活确实十分昵近，几乎寝食与共。老虎有宵夜的习惯，总是在晚上半夜一两点钟，到时候老虎饿了，就会到我二家兄房里去，头伸进蚊帐里去，用虎吻去推醒熟睡中的主人，我二家兄就起来调一二十个鸡蛋给它吃，然后各自去睡。如果我二家兄不住在网师园的时候，老虎要宵夜，就会去推醒我的侄女心素。

老虎与狐狸狗的"忘类之交"，那份感情真令人感动，一次狐儿生了疮，老虎竟为狗舔毒疗疾，直至痊愈。

至于陪伴我二家兄作画，那更是听指挥的活本。傅增湘老先生，是我二家兄的老师，他到网师园来玩，我二家兄随侍老师在书房做文章，老虎都乖乖伏在案下不动。

最有趣的一件事，老虎也讲求公平啊。我二家兄最讨厌的一件事，就是不喜别人嗑瓜子，尤其小辈不准。想想在苏州地方，嗑瓜子几乎是太太小姐们的生活情趣，可是在我们网师园却悬为禁例。有一次二家兄到上海去了，小辈们以为他不在，又趁来了客人，大嗑瓜子，夜间佣人也未予清扫。殊不知我二家兄半夜突然回来了，一见厅房遍地都是瓜子壳，大怒，立刻叫已经睡觉了的老六心德起来，责问何以敢偷吃瓜子。孩子害怕，推说目寒叔叔来了，又说是八叔叫我买的瓜子。二家兄更怒，责孩子撒谎，叫拿家法戒尺来要打手心。当时老虎守在身边，看主人打了小主人之后，它就进房里叫老七心亮起来，到书房里去仍由二爸责问，吃了瓜子照挨手心；老虎一个一个叫，再去房里叫出老八心俭、老九心义。因为老虎知道，四兄弟都嗑了瓜子，只处罚一个不公平，直到四个孩子都挨了手心，它才伸伸懒腰，打着呵欠溜到一边去睡了。你看妙不妙？从此家里的孩子，都说老虎是二爸的侦探，谁也不敢做二爸不喜欢的事。

可惜这只老虎是饿死的，唉！抗日战争爆发了，我二家兄去了庐山，我在北平，家眷撤到无锡再转赴安徽。唯独老虎难以疏散，又遭日机来轰炸，网师园中的老虎，就交由二家兄的学生吴子京留守。网师园没有防空洞等设备，又恐炸弹声惊虎，万一墙破受惊的老虎出去会伤人，吴子京在逃空袭之前，就把老虎关入铁笼里，那个铁笼重达一千零廿斤，虽是为老虎定造的，以前从来没有使用过。吴子京把虎关进去后，就放了几十斤牛肉，够虎儿一天的粮食，他自己逃到苏州城外木渎去避空袭，以为一天就可以回来，谁知三天后才能回来，老虎就这么饿死了。

老虎是饿死的，不是如外传吃素后来绝食死的，当初在贵州郎袋山捉住它的郝梦麟军长也战死疆场，人虎都是为抗日而殉国的！我二家兄对此当然很难过，但二家兄也不会怪学生，国难当前，国家损失那么大，好多人家破人亡，我们一家保了性命，但多年收藏在网师园的书画珍品还不是毁诸一旦！我二家兄从此贡献全力为抗日而宣传。他画的虎，代表民族精神正气，在他心底长存老虎的影子，在他笔下老虎也没有死！

抗日战争爆发，我自己被陷在北平，我二家兄即在安徽郎溪从事四维八德及正气歌图像绘事。他当时曾书告目寒弟说：丈夫值此时应国而忘家，我生平收藏，存网师园，皆弃之如土，以今日第一事为救国家于危亡；万一国家不保，虽富拥百城，又将何用？恨我非猛士，不能执干戈于疆场，今将以我之画笔，写我忠愤，鼓荡志士，为海内艺苑同人倡。他自己表明，绘正气歌及四维八德历史上圣贤图像，在后方作流动展览，表示"马驮千钧，蚁负一粒"，亦各尽所能之意！

大概是在民国二十七年（一九三八年），详细月日我记不清了，政府派于斌主教为特使，赴欧美争取友邦的支援，帮助我们打倒日

11

本的侵略，我二家兄受命同行。当时胡适之先生是驻美大使，顾维钧先生是驻法大使，家兄在国外当场挥毫画虎，卖画捐款，均请购者直接汇拨重庆，当年他为政府捐了廿多万美金。

二家兄画虎，可以由任何一个部位开始，虎头或虎尾、虎肩、虎爪、虎斑、虎眼，丝毫毕现。这种当场挥毫的表演画展，所至之处均极轰动，外人无不惊佩，报章佳评赞语，不仅说："山君的气魄，在张善孖笔底横生。"又说："其画意有古风，其举动实新中华之青年也"！

二家兄当年在欧美所绘虎图杰作，最令人传诵的为猛虎十八首，或怒号、或雄视、或狂奔、或盘踞，神态不同，各具伟姿，寓意当时中国十八省全力抗日，巨幅杰作，右角题以："雄大王风，一致怒吼，威撼山河，势吞小丑！"左角则写："怒吼吧中国！"令美国朝野动容。

二家兄除了当场画虎，并展出他的正气歌图像，激起友邦人士发起"一碗饭援华运动"。他在纽约，还有一件大出风头的事，由纽约美术学院选出三位标准的西洋美人，看长袍大褂、美髯飘飘的中国画家作画。这张照片，报章争相刊载。我这一次回来，前几天在袁守谦先生府上吃饭，最难得的是，他竟然保存有一张民国廿九年（一九四〇年）九月廿九日，香港《大公晚报》为我二家兄画展出的特刊，这上面就翻印得有好多张名贵的照片，真令我感动。这些年来我浪迹国外，这些富有纪念价值的图文，自家人反而没有收存，在朋友处看到特别感激！

我二家兄信奉天主教，在他访美期间，曾接受美国复旦大学名誉法学博士。我当年不了解：何以会被颁赠法学博士？他从来不懂法律。后来才知道，复旦大学表示特别尊崇的意思，教皇就是复旦的法学博士，如以名誉法学博士颁赠，就是最大的荣誉。

我的十弟张君绶

我的十弟名玺,字君绶,他比我小四五岁,相貌长得很好,人也最聪明。对父母非常孝顺,已经十几岁了,有时还挨打或被罚跪,他从来没有一点怨言。我们的母亲对孩子们管教得非常严。

他写字写得很好,但并没正式学过画。每次作画,都是自己随便画,画完就搓成一团而扔掉,很少留起来。

他的家塾老师蒋秦舫先生有一个女儿,岁数和君绶差不多,先母很爱她,因此就给这一对孩子定了婚。

蒋家是四川资阳人。后来我从上海回到四川时,要把我十弟带到上海去,于是蒋老师就回到他的家乡资阳去,我这未婚的弟妇就留在我们家。我母亲让她在自流井的一个学校里读书,从此,放假时她总是回到我们家里来。

我弟弟本来并不喜欢这个未婚妻,因为他们两个人的性情既不相投,她脸上又有麻子!但因为母命不可违,也只好勉强接受了。

我和弟弟在上海住了些时,我得回四川去结婚,于是又同十弟一起回去。那时我的二兄——善孖先生——在乐山主持盐务,我们的父母都去和二哥同住。

那时正是暑假,十弟的未婚妻也因学校放假而回到我们家里来了。

有人送给先母一对外国的绣花枕头,这种枕头当时是很贵很时兴的东西。先母不用,就把枕头给了未婚弟妇。

过了几天,先母发现,她的枕头上有许多头油的污渍,把它弄得很脏。

因为她睡觉时,直接躺在枕上,并没用布把它盖上。因此,就告诉她,应当知道爱惜东西。当时的女孩子,多半仍然保持旧时的习惯,都得会绣枕头,多数的闺阁少女,在出阁以前,都得绣一百对枕头分赠亲友。这位未婚弟妇因为上学堂,自然不会刺绣。因此,母亲告诉她,自己不会刺绣,更须珍惜贵重的绣花枕头。这件事使她心里很不高兴。

又有一天,先母请了一位朋友来给她老人家梳头。

二哥从外面进来,看见一位女客在给母亲梳头,于是就问母亲:为什么不让未婚的儿媳妇给梳头?母亲说:"她是洋学生,哪里会梳头?"二哥则认为她虽不会,还是应当学,这种事以后就不必请外人帮忙了。母子二人谈了一会儿,并未把这件事看为大事。

没想到这位蒋小姐在里间屋子听见二哥与母亲的对话,大为生气,那天晚上,她写了一封遗书,竟去投水池企图自杀。

那个池子的水,只有一尺多深,况且当她跳下去时,已有人听见,于是很快地就把她救上来了。遗书被拆后,上面满纸怨言,她认为婆婆为枕头事就已责备过她,现在二哥又说她不好(不会梳头……)等等,因此她决定自杀。

我弟弟对这个未婚妻很生气(大概觉得她很愚笨而又故意闹脾气),从此后就不和她说话了。

后来我同弟弟由上海又回四川时,他不回家住,自己住在资圣寺(这个寺的建筑是非常有名的,全寺的建筑,没有一个钉子)。他告诉我他不愿与未婚妻结婚。

但是他又不敢公然违背母亲的命令而与她解除婚约,所以只好牺牲自己,最后终于跳海自杀了!

"他在什么地方跳海自杀的?"有人插话问。

"在烟台。"

"怎么他会在烟台自杀?"

"唉!这件事说起来更是令人想不到!他自杀时是跟一位女朋友同时跳海自杀的!"

"是'女'朋友?"

"是一位朋友的太太。不过,他们两个人并没有爱情,他们各人有各人的痛苦原因。"

"这位太太是什么样的人?"

"她比君绶大一二十岁，姓狄，名叫文字，人们都叫她狄大姐。她就是名报人戈公振的夫人。

相传她在北大读书时，和一个山西人感情很好，有人曾把此事告诉戈先生，戈不信。但他们夫妇之间的感情很不好，常常吵闹。

她常常哭，每次哭时，什么人也劝不好，只有君绶劝，才能把她劝得好一点。

有一次，她又和戈公振生气，那时已经是十二月廿七了，她非回北京（那时还没改为北平）不可，戈劝她过了年再走，她不肯。戈带着孩子跪下求她，都不行。

最后君绶来劝，他说他也要到北京去，不过他是要过了年正月初二动身，劝她和他一同走，于是她才答应年前不走。

他们二人到北京后，十弟每天到一位朋友胡光伟先生家去，戈太太还是每天哭。她过去曾企图自杀三次，都未成功，可见她是蓄意自杀，而且有准备了。

君绶在北京住了没多久，就又决定回上海。狄大姐为了送他，也同到天津搭上了船，这船从天津到达烟台后，茶房因叫门不开，知道不对，于是报告船长，破门而入。进去后，只见上下铺两个行李卷放得整整齐齐，每个行李卷上都有信。我弟弟留了两封信，一封给船长，一封给朋友。给朋友的信上大意说：'我和狄大姐同时自杀，但是我们各有各的事和不同的原因。如果有人疑惑我们曾做了什么不对的事，现在也没有关系了，只希望人们能把我忘记！至于我的东西（十几个箱子）请交给我八哥（即大千先生），不要交给四哥……'

那时我不在上海，那些箱子都被送到我的曾老师的家里（曾老先生名熙，号农髯）。我到达上海曾老师家时，第一个打开的箱子中，就有我弟弟画的画。此外还有一副对联，是我们的李老师（李瑞清先生，号清道人，和曾老先生一样，也是有名的书家）所写。还有一封信，是给我的，大意说：他自己不孝，不能服从父母之命而与一个不喜欢的女人结婚，所以只有自杀……

曾老师看见这张画大哭，他曾到过烟台，他说这张画上的风景，就是烟台的风景，但我弟弟在死以前并未到过烟台。后来胡光伟到

15

上海时，看到这张画也大哭，因为他也到过烟台。这件事真是无法解释，他所画的地方，竟是生前并未到过的地方，而且就是他自杀的地方！

君绶弟逝世时，年仅十九岁！

我的知音李秋君

宁波李家名门望族，世居上海，我在上海的日子，多半在李府作客，李府与我家世交。李府的上一辈二伯父李薇庄，也是老革命，与先烈陈英士先生是好朋友，民国成立后，曾任上海市民政厅厅长。李府的三小姐李秋君，是沪上的才女，家学渊源，诗词书画皆能。若问我谁是我的知音，我会毫不犹豫地答复说：李秋君！

这位三小姐与我常谈画论书，因为我们是通家之好，李府上下由老太太到佣人，各个对我都好，从不见外。我住在他们家里绝无拘束之感，而三小姐对我的照顾真是无微不至！

秋君小姐与我是同庚。记得在我们廿二岁那一年，李家二伯父薇庄先生，有一天把李祖韩大哥、秋君小姐及我叫到身边私谈。二伯父郑重其事地对我说："我家秋君，就许配给你了……"一听此言，我是既感激，又惶恐，更难过，我连忙跪拜下去，对二伯父叩头说："我对不起你们府上，有负雅爱，我在原籍不但结了婚，而且已经有了两个孩子！我不能委屈秋君小姐！"他们的失望、我当时的难过自不必说了，但秋君从未表示丝毫怨尤，更令我想不到的，秋君就此一生未嫁！

为何会如此？因为李府名门望族，自无把千金闺女与人作妾的道理，而我也无休妻再娶的道理……可是以后秋君待我之好，如同在尽一位贤妻的责任，这在他们家里是公开的，毫无秘密。可是我们之间绝无半点逾越本分的事，连一句失仪的笑话都从来没有说过。她对我是关切、爱护，我对她是敬重、感激！

李府大家庭的规矩，财产划分，在外赚了钱，也要提出一份缴为公用。我是住在李府上的常客，我在他们家就是三小姐的客人，三小姐拿私房钱多缴一份。三小姐的车子车夫是给我使用，而我的穿着，都是三小姐经手缝制，照顾饮食，做我爱吃的菜，那更不必说了。李家兄弟为我请客加菜，都要特别声明，否则就插不上手，轮不到他们的份！

我在上海时，大风堂的画室等于设在李府上。向大风堂拜门的弟子，李秋君三小姐可以代我决定收不收。如我不在上海，秋君可以代表我接帖，受门生的叩头大礼；拜了她，就算数！

设在李府的画室，我大画台后的椅子，门生朋友都不敢坐，秋君每天却要坐两次。那倒不是说她以主人自居，她坐的时候，总是在饭后，她要占着这个位子，一方面与我谈天，她说这样一方面也就管制了不要我在这段时间画画。她说饭后就画画，最不卫生，容易得胃病。

我与秋君既有如此深交，彼此虽说是倾心的知己，但外间难免有蜚言传说成绯闻。尤其是上海的小报最会捕风捉影，绘声绘色，张大千与李秋君常是小报上的花边新闻题目。

记得有一次，我刚由四川到上海不久，我同李祖韩大哥去澡堂泡澡。就在澡堂里修脚时，无意间看到一份小报，上面赫然有"李秋君软困张大千"的标题。那篇文章说我到了上海，就被李秋君软禁在家里，秋君要独占大千，禁我社会活动等等莫名其妙的渲染与形容。当时我看了极为不安，我很不好意思地把报纸递给李大哥说："小报如此乱写，我待会儿怎么好意思见三小姐！"大哥说："这些莫名其妙的胡扯，管它的！"

回到李家，秋君反而主动地先把报纸给我看，我说外面如此乱传，我真是对不起你！秋君说只要我们心底光明，行为正大，别人胡说也损不了我们毫发，不要放在心上！

你们可以看出她多豪爽，心胸多开阔。自此以后，我越发敬重她，外间的蜚言我不在乎了，我庆幸有她这位知音！

人家常说，张大千居留在上海时期的作品最靠不住，画多半是他人的赝品。此说必然系指秋君而言。其实，我与秋君合作的画不少，他们一家都能画，大哥李祖韩也常要为我补衬景，他们是好玩凑兴的性质，倒不是为我代笔作赝品。

目前我珍藏的有秋君的画卷在巴西八德园。在台北，我只知道目寒家里有一幅我的画，秋君题的款"蜀山秦树。大千居士绘，李秋君题"等字样。好像是这样的，我记不太清楚了。

大家只知道我现在这位太太管制我的饮食很严格，其实管得最严格的是秋君，而我太太目前执行的这一套都是秋君亲自教她的。

早年在上海我就有糖尿病，每有应酬，都是祖韩大哥及秋君三小姐陪我。熟朋友也都知道我们亲密的关系，几乎都是李家兄妹坐在我的左右两侧，吃的菜都要秋君鉴定后，夹到我面前的碟内我才能吃。我最馋甜菜，可是往往不能吃到口，只有一次我很得意。那一天的宴会，男女分坐，我居然没有与秋君同席，我记得是梅兰芳与余叔岩坐在我的两旁，但秋君在邻席关照我，不许乱吃。等到上来了一碗撒着桂花末的芋泥甜菜，我大声问秋君，这道菜我能不能吃？秋君眼睛近视，错看桂花末是紫菜屑，她以为是咸的菜，回答可以吃，我赶紧挖了一大调羹就吃。太太小姐们总慢条斯理，秀秀气气，动作慢些，等到秋君尝到是甜菜，大叫："你不能吃！"我早已下肚了，还回她一句说："我问了你才吃的！"

记得又一次也是我贪吃出了毛病。那是在秋君家里，一餐我吃了十五只大闸蟹，然后我又到街上去偷吃两杯四球冰淇淋，结果那天晚上不得了，上吐下泻。秋君与老太太住在后院楼上，听说我病了，秋君深夜来探视，又忙着请医生来急诊，一直是她在床边照顾。医生来了给我打针，对秋君安慰说："太太，不要紧的小毛病，您请放心！"我躺在床上听见，好不难为情，又不好解释，心想都是自己不好，又令秋君吃了哑巴亏！

第二天病好了，我向秋君道歉。她知道我要说什么，她坦然一笑回说："医生误会了也难怪，不是太太，谁在床边侍候你？我要解释吧，也难以说得清，若不是太太怎么半夜三更在你房里侍候？反正太太不太太，我们自己明白，也用不着对外人解释。"

我现在这位太太，真是秋君视同学生一样教导出来的，她们之间的感情很好，我太太敬重她。她常对我太太说，这样要注意我，那样要留心我。秋君说："大千是国宾呀，只有你是明正言顺地可以保护他，照顾他，将来在外面我就是想得到也做不到啊，你才是一辈子在他身边的人，还得你多小心，别让他出毛病！"

我今天这样说，好像是对自己脸上贴金，但秋君确是这样说的！对我一切无微不至，今天当着她的亲兄弟在这儿，我才愿意摆这段龙门阵，他可以证明我与秋君之间这大半辈子知音的感情！

说起生日，我又想起我与秋君合庆百岁寿诞的事。我生日在四月，秋君在八月，我说过我们是同庚，那年五十岁，朋友们说要为我们合庆百岁大寿。我四月间在成都过的生日，为了贺秋君生日，八月我特自四川坐飞机到上海去，在所有朋友中，我们收到一份最有意义的礼物，是金石名家陈巨来先生为我们刻的一方印章："百岁千秋"。

陈先生把大千与秋君的名字，合庆百岁的纪念，都包含在这方印章里。在朋友们怂恿之下，我俩合绘了一幅画，就盖上了这"百岁千秋"的图章。我与秋君相约，各绘五十幅或合作五十幅各廿五幅画，互相题款，凑足一百张，每张画都用这块图章。可惜受战乱的影响，日后离散日多，这个心愿我们至今犹未达成！

原本追求秋君小姐的名士甚多，向李府做媒求亲的人也不少，其中还包括外交官，但均为秋君所婉却，我每次都想极力促成，但秋君只淡然一笑置之……

我们生不能同衾，说来也不足为外人道，我们曾合购墓地，互写墓碑，相约死后邻穴而葬。秋君也顾及名分并不逾规，她还说我有三位太太，不知谁先过世，因此她写了我的三种墓碑，半开玩笑说，不知是哪位太太的运气好，会与我同穴合葬，我也为她写了："女画家李秋君之墓。"

我最难忘的两个一百天

一、被绑票逼上梁山
当了"绿林好汉"的惊心动魄一百天

我早年有两件事,对我影响很大:一是被土匪掳去,被迫为土匪当了师爷一百天;一是出家做和尚,也是一百天!

这是我17岁那年发生的事。那时我还在重庆求精中学念书,假期回内江途中遭遇的变故,现在回叙已是五十多年前的事了。

放暑假的五月间,已经很热了。我们求精中学的同学,八九个人打算结伴回家,有住永川的,有住荣昌的,有住隆昌的、安岳的,我和我的十弟君绶回内江。当时就听说路上闹土匪,不平静,心想我们是学生娃儿,又没钱,土匪(四川叫土匪为棒老二)抢也抢不到我们。初生犊儿不怕虎,大家商量好还是决定回家,动身的时候,六大二小共八个同学。

说起来也妙,我们都没有钱做路费。我们的打算,是沿途都有同学的家,走一天到一家,到一家拿一块钱再走下面一段。就这样由重庆都邮街出发,第一天到了白市驿过夜,一个同学到了家,我们要了一块钱,七个人第二天再继续走。

下一站到了丁家坳,后来成了大人物的刘伯承,以前曾做过我们求精中学的体育教员,当时他受命在丁家坳招安土匪。我们到了那儿,自然去找他帮忙啰。他也叫我们不要走了,再下去乱得很。我还记得刘伯承当时说的两句话:"江水浑得很,哥子们抓不开!"四川的哥老会口头习惯以"哥子们"自称,"抓不开","抓"音哈,意思是"管不了","江水浑得很",就是局面乱得很。

但是我们只想赶紧回家，第三天到了永川过夜，又送了一位同学到家，我们又要了一块钱作盘缠，继续再走。

再走下去就有麻烦了，我们还有六个同学，四大两小，我们分成两组一先一后走，两个大的带一个小的。一位姓梁的同学是安岳人，还有一位隆昌人，他们两个带着我的十弟君绶，跟在后面。我和另外一个叫樊天佑的同学，带着一个姓杨的小弟，走在前边。

这一天哪，由永川走到邮亭铺之间，先后就遇到过六次小股的土匪找麻烦，我们也看不出土匪与民兵有什么分别。走到一处叫田坝子的地方，我们先听见有人在叫："弯到！弯到！"（站住的意思。）路边跳出三个拿土枪的人，不准我们走，那边小屋里又钻出几个人来，说要检查。我心里知道怎么回事了，说是检查，我们是身无长物，也搜不出值钱的东西。哪晓得我裤腰上的一根皮带给他们看上了，那倒是上海货。土匪要我解下来给他作挂枪的带子，我说那我的裤子总不能提着走路嘛，土匪说给你一根麻绳好了！

第一关遇土匪就抽走了我的裤腰带，总算还好，放了我们走路。走不了好久，到油房沟，又遇见土匪了，两个小子，一个要扣留，一个叫我们滚，结果仍经过检查，搜不出什么财物，才放了走路。如是者又遇了四次拦路检查，也是有惊无险，因为我们实在没得被抢的东西嘛，心里也就愈来愈不害怕了，遇土匪也不过这么一回事，哪晓得要命割筋的还在后头！

真正出乱子的地方叫邮亭铺。邮亭铺在永川、荣昌、大足三县之间。我们走累了，一日数惊，希望早点落脚休息，因此到了邮亭铺就向教堂里投宿。我还记得那位牧师叫磐定安。叫开了教堂的门，磐牧师神色紧张，他不但不留我们过夜，反劝我们赶快早走，离开邮亭铺愈远愈好，因为当天上午，民团打死了两名土匪，磐牧师说土匪当天一定要倾巢出动来报复，当地人都个个自危，生面孔谁也不敢留，怕被土匪误认为是民兵，连累大家都要遭殃。磐牧师说完，就把门关了，丢下我们六个学生娃儿面面相觑，进退两难！

我们同学中，那个杨小弟，人聪明而且蛮有主见。杨小弟首先不赞成再走，他说走也走不动了，也不知土匪究竟从哪个方向来，万一走出去碰上，黑夜之间，在路上更是不问青红皂白，准被打死；

不走嘛，大家可以休息。看教堂的围墙不甚高，但是石块砌得还可以避弹，大家就决定睡在石墙脚下，生死只有听天由命了！

我们睡下来还不到两个时辰，只听见枪声像放火炮（爆竹），呐喊的声音逼来，我大胆伸出头向矮墙外张望一下，只见土匪成群结队，漫山遍野而来。这下大家都慌了，好像天下大乱，谁也沉不住气了，六个同学四散奔逃。我连自己的小兄弟都不知道哪里去了，只听见哭的哭，叫的叫，杀的杀，逃的逃，我没有逃多远，就被土匪抓住，好像身上哪里被枪弹打伤了，但不知道痛，血脉偾张，支持着，人也并未倒。于是，我被他们反绑起来，有的土匪叫："又捉住一个爬壳！"好像又有人在辩说："不是爬壳，是学生娃儿！"（爬壳指民兵。）我心想，如果被他们误认我是爬壳，那就休望活命了。

这一阵仗，土匪完全征服了邮亭铺。到了晚上七点多钟，土匪也怕民兵来反攻，他们绑架了我们这一群俘虏要撤退，回他们贼窝子里去。公路两旁成串地绑着俘虏。我四处张望，只看见那个叫樊天佑的同学，也远远地绑在路那边，不知他看见我没有，其余的同学一个也未发现。当时我真想哭！看见被俘虏的总算还活着，未看见的八九都凶多吉少了。也没有看见我兄弟。我自己也有死去活来的感觉，当时只有一个想法：所谓人死，必然就是这个样子！

我们被押在路上走，我只知道跟在我身边的俘虏是个西医，他注意到我头上的伤了，他说大概是枪弹擦伤，好在血已凝结起来封住了伤口，大概不要紧！

我又听见前后左右的土匪在七嘴八舌地说："前面那个穿绸衫、梳拿破仑头的杂种，好像是吃教饭的样子，吃教饭的多半没得钱，把他毙了算啦，省得押着走累赘！"又有人反对。所谓梳拿破仑头的，就是蓄的西装头，发偏分；还有梳华盛顿头的，就是正中分开的样式。梳拿破仑头的，好神气的啊，可是土匪看不顺眼，就有人提议要先毙了……

土匪把我们押到一处地名叫千斤磅的地方，我知道这儿出大水牛，是不是秤牛要用千斤磅，才叫这个地名，我就不清楚了。到了一家大客栈，看样子已被土匪占了，临时做了匪窝子。一个戴着巴拿马草帽、穿绸衫的人出来，连叫"兄弟们辛苦了"。我心里在猜：看派头，大概是匪头子了。我当时已在盘算如何才能脱身，注意谁是可能救我的对象，尤其是那些可以发号施令的头号人物！

在这个客栈里，土匪们休息吃饭，但是没有给我们饭吃。土匪开始清查我们这批俘虏的底细，我才知道糟了，他们是把我们当肉票，要我们写信回家去勒索钱！

土匪问我姓什么，叫什么名字，家住在哪里，家里收租多少。我说，我姓张。从此，土匪们就叫我"老跳"了！土匪忌讳直称姓名，习惯上都要转几个弯。这倒充分显示出四川江湖客们联想的丰富。姓张，联个成语，用得最多的就是"张皇失措"。张皇失措的表现之一是跳起来，所以把姓张的叫老跳，"跳"的音念来近似于"挑"。在匪窝里，从此我就被叫为老挑而不名！

他们问了我的姓名籍贯，也相信我是求精中学的学生而不是"爬壳"，但是他们要我写信回去要钱赎身。我说这个信怎么写嘛，要多少钱才能放我？

就是那个戴巴拿马草帽的人教我写信，后来我也知道他姓邱，叫邱华裕。他说："你就写龙井口的老二把我拉了，要赶紧送四挑银子来赎！"我才知道这伙土匪是龙井口的，他们要勒索四挑银子，一挑银子就是1000两。我说我家出不起这么多银子，就与他们讲价还价。我出一挑，他们就减为三挑，又要我加一挑，扯了半天，我知道这封信还是非写不可！

等我提起笔来写这封好不伤心的信，没想到土匪一看我的草书，有一个就以赞叹的语气叫出来："这个学生江娃儿写的字好溜刷（又快又好的意思）！我看留他做黑笔师爷好了！"学生怎么又叫江娃？因为江猪最肥嘛，被绑的肉票，土匪都视为肥猪，又因我年纪还小嘛，所以又被叫为娃儿，把这些多重意思加起来，他们省了几个字，凑合出这个名字就叫学生江娃儿！土匪们居然也欣赏我写的字了，我可不愿他们留我做什么师爷，我假装未听见，继续写我的信。那个姓邱的舵把子，大声吼住我："听见没有？不要你家里的钱了，我们要留你做黑笔师爷！"我说我不干，我还是要回家，继续去念书。土匪说："你念了书要想做啥子事嘛？"我说念了书将来可以教书！土匪说："教书能赚多少钱一个月？"我说教书可以赚8块到10块钱一月。土匪们哈哈大笑，他们说："你这个学生江娃儿真没出息，我们留你做师爷，随便分一股给你，每一趟都不止一两百个赖儿脑壳！"（指袁世凯的大头银元，因为袁世凯的光头，癞子不长发，以"赖儿脑壳"来指大头银元。）

我还是不肯，那个姓邱的土匪头光火了，一拍桌子骂我："你狗坐轿子，不受人抬举！再啰嗦，就把你毙了！"我还敢说啥子嘛，就这样被逼上梁山。17岁的中学生，竟做了龙井口土匪们的黑笔师爷！

我想先保住了命再说，我问他们当黑笔师爷要做些啥子事情，他们说要我给绑来的肥猪家里写信要钱啦，管账啦，都是师爷做的事情。

一听要我管账，我就计上心来，我说我在学校的功课中以数学最坏，钱与账一定会弄错的，我保举我的同学樊天佑来管账，我说他的算术最好。我说的倒是老实话，主要也是想先救我的同学，但是那个姓邱的土匪头说："有你一个人就够了！"

我惊魂甫定之后，又想起我的十弟了，我求土匪们帮我问问，有没有人看见另外的学生娃儿，特别是我的小兄弟。有个土匪回说，他看见过一个小孩儿，躲到人家房里去，在蚊帐中被烧死了……

唉，探听不到弟弟的确实下落，我的手是松了绑，樊天佑却被绑在那边没有放。当天晚上睡觉的时候，两个抱着枪的土匪一边睡一个，把我夹在中间。临睡之前，他们还对我提出警告说："学生江娃儿，不不，现在应该叫你师爷了，你给老子可要放漂亮点，半夜里可不要开小差啊！前后左右都是我们的人，逃是逃不了的，抓到了可就会给毙了，不要敬酒不吃吃罚酒！"

又怕又惊、又累又受伤之后，那一夜我也睡不宁，尽做恶梦。半夜里我梦见自己眼见君绶十弟被土匪杀害了，我放声大哭，都哭醒了，也惊动了旁边看守的土匪，他咕噜我说："你怎么搞的啊，半夜里号啥子，快睡！快睡！"

第二天，这一伙土匪还要去打劫峰高铺。那个姓邱的匪首，居然派了两个兄弟，还有一乘轿子，先送我这个师爷回龙井口窝子里去。居然有轿子坐，前后还有背枪的土匪跟着班保护，想不到黑笔师爷还如此神气！

我被两名土匪两个轿夫，押送到了狮子场，这儿也是土匪的势力范围。在路旁放哨的两个土匪，居然对着我的轿子行举手礼，敬了礼后，大概又发现不对，我听见他们在问押送我的土匪，一问一答颇有味道，我假装打瞌睡未听见。放哨的问："这小伙子哪儿来的？居然用轿子抬回来？"

"拉来的一匹江！"（他给我面子，省了那个猪字。）

"家里干啥的？是不是很肥？"

"听说是开杂货铺的！"（这是我对土匪们扯的谎，原想他们不要勒索得太多。）

"开杂货铺的多少油水？我看不如抛了算啦！"（我弄不清楚所谓"抛"了是"放掉"，还是"干掉"，我又喜又怕，当然希望说的是放了！）

"那怎么行，邱哥子交代的，三房要把他留下来作师爷，怎么能放？"

"年轻娃儿怎么能做师爷？"

"哼，别看他年轻，人家可是洋学堂的大学生！写的字可真溜刷！"

"哦，怪不得要用轿子抬他，还派你两个跟着！"

快到土匪窝龙井口了，山路愈来愈陡，沿途偶尔撞见的都是土匪自己人，有人问我的两个土匪跟班："你们回来哪，抬的娃儿是不是油混子转抄来的？"他们回说："就是嘛！"

爬山路，上龙井口的时候，一个土匪跟班对我说："老挑，我们龙井口这里好险要啊，官兵就是一两师人都少来打转转！"他的意思是说，就是一两师人也不易攻上来。龙井口的地势的确很妙，山路很陡，但顶上却是平原良田，看起来就是一处四川富饶的农村，哪里像是土匪的山寨！

我的轿子一停下，好多男女老幼都围拢来，学生哥在他们眼里也成了稀奇活宝，大概他们以前掳来的没有学生娃儿。

两个土匪跟班把我送到一处楼房，他们说师爷你住楼上，满受优待的样子。中午饭吃的粉蒸肉，晚上大伙都回来了吃得更好，又是肉又是鸡！

看土匪们班师回巢，他们也有一套仪式，所有的枪都架起来，杀了雄鸡，用鸡血祭枪，还要烧纸钱，由匪首来拜！

到晚上我才知道，龙井口的舵把子（土匪头），大家都叫他"老毕"，后来我才知道是篦子的篦。老毕抽大烟，躺在烟盘子旁边。他们带我去见他！

老毕对我蛮和气的，居然还赏我一份见面礼，他说："你来跟我们做师爷，很好，听说你的字写得很溜刷……"他找出来一对象牙章递给我说："这个给你，你们做师爷要笔杆的用得着，我们玩枪杆的用不着这玩意儿！"接着他又找出来一顶带红结子的瓜皮帽，给我戴在头上，他打量一番，满意地说："这样就像个师爷了！"

老毕这些观念，我猜想他大概是看戏得来的，硬给我戴上一顶红结瓜皮帽，我的感觉是有被侮弄的成分，弄得像一个小丑，把我当猴子耍，让他们开心。可是那时候，我是既不敢怒也不敢言！

我看老毕对我还蛮和气的，我冒失问了他一句："请教贵姓大名？"他回说："我们黑道人的规矩，最忌讳人家问姓名，别人叫我啥子你就跟着叫好了！"土匪忌讳你问姓名是有道理的，谁知道哪一天就会有人被抓去，再亲近的伙伴也彼此不知姓名的好，否则一招出来头儿叫什么，不是方便抓么，叫不出姓名来总不好通缉，也不会连累亲人。

但是后来我还是知道老毕本姓苏。姓苏的为什么叫老毕？梳子篦子嘛，又是这样联想出来的！谁说土匪没有学问？他们的名堂才来得多！

我在龙井口，并没有为老毕做啥子事，也没有安顿两天，就听他们说："水涨了！"军队追剿要来攻龙井口了。土匪要转移阵地，要带着我逃，对我这个师爷还是不放心，逃的路上就要把我的手绑起来。转了两处地方住，白天还准我走动走动，晚上就不准我出门，还是防我开小差！

离开龙井口，我就没有看见过老毕了，好像我被移交了，我属于另一个土匪头子，大家叫他老康。老康本姓赵，赵、罩同音，罩起来就是盖起来的意思，四川话"盖住"，就说"阆住"，所以姓赵的叫老康！（按这个字的写法是阆，重庆有个地名叫阆井，在川语中似只有康字的音较近。）

老康是我在被土匪绑架后，所遇到的几个土匪中对我最好的一个，几次都是他救了我的命，要不是老康照顾我，那我必然不能活着逃出来。所以每摆到这些龙门阵，老康虽是土匪，后来他也曾一度被招安了，虽然他逃不了惨死，但他讲义气，在我心目中，他还是我的救命恩人。

回想起来，好多经历也真妙。有一回被迫跟着老康他们去抢人，那次抢劫的是大户人家，只见土匪们翻箱倒柜地搜，我站在旁边看热闹。有人警告我说："师爷你也得动手拿东西呀，否则要犯忌讳的，黑道上的朋友不能空手而回。"我想我能抢啥子嘛？看了看，那家人书房里书倒不少，我就在书房里拿了一部《诗学涵英》，哪晓得又被另一个土匪训了几句，说别的不好抢，怎么抢书？输字犯忌的，逼我换别的，我无奈何再看，壁上挂有四幅《百忍图》，我就取了这四幅画，把那一部《诗学涵英》裹起来！一并带了走。

说起来你或许会不相信，我学作诗，也就是在匪窟里这段日子开始。《诗学涵英》——抢的赃物，就是我自修摸索的启蒙书。没有人的时候，我常捧着书本，酸味十足地躲在后院吟吟哦哦一番。有些时候，自己也胡诌几句，自己摇头晃脑地陶醉一番！

有一天，我自己正在后院里吟诗朗诵，突然听见角落里那间小房内有人在呻吟哼唔，我在窗边张望一下，看见一个带伤的老头子。他对我说："你这个娃儿还诌什么诗啊，这儿不是土匪窝子吗？我都要被他们折磨死了，你还有闲情逸致吟诗，岂不是黄连树下弹琵琶！"

你猜他是谁？我一问，才知道他是前清中过科举、有过功名的进士老爷。他被土匪绑了票，勒索信去了好久，要的银子太多，大概凑不足，未能送来赎人，过了期限不来，土匪就经常打他，给他吃苦头，所以他受了伤在呻吟。

这位进士公的姓名，我现在记不得了，中过科举的进士老爷当然作诗作得好啰。他听我胡诌的打油诗，只说我黄连树下弹琵琶，他还没有说我是孔夫子门前卖孝经哩！

从此，我为他求情讨饶，他教我作诗，我才弄清楚什么叫平仄对仗……

在跟康东家的日子，东移西动地随时在转换驻地，有一回与另一股土匪遇合住在一起，又才看见我那个可怜的同学樊天佑！

我们虽然同时被掳，但那一次的土匪来路不同，可谓三山五岳的人马，派别很多。我的运气很好，遇到的几个土匪头，老邱、老毕，以及康东家都比较仁厚讲义气，所以我受优待，未吃什么苦头。樊天佑可倒霉了，他落在一个很刻薄的土匪头子手里，所以一直受虐待！

我一看见樊天佑，他就直对我哭，他的两手仍然被绑着，人瘦得不成样子，他的手被绑久了血脉不通，都肿了。他哭着求我救他，我也难过极了，与他抱头痛哭，结果招来看守他的土匪一顿臭骂。我安慰樊天佑说，我一定去求我的康东家出面来为你讲情，我一定设法先放你回去！

我义不容辞地去求康东家，老康说我的那个同学是跳跶子手里的人，他做不了主。我求他出面讲情，跳跶子也姓张，一脚受伤跛了，四川话叫跛子是跶子。跳跶子人很横，不好讲话，但康东家答应代我去说情，我要求放樊天佑回去，再送钱来给跳跶子好了。

跳跶子看我们康东家的面子，可以谈判放人，但先要问樊天佑能出多少钱。跳跶子要价仍是四挑银子。我知道樊同学家并不富有，出不起这么多钱，请求减少，跳跶子一瞪眼说："高等学校的大学生家里出不起钱？哪还能供他念大学！"我同樊天佑都求他说，我们念的是中学，不是大学，樊家确是没有钱，求他做好事！跳跶子回答的话好狠，他凶神恶煞地说："就是一条瘦狗，我也要咬它三斤板油！"

几经讲价还价，还是我的康东家在帮忙说话，最后跳跶子才同意八百银元，条件是以我做保人才能放樊天佑，限他十天之内拿钱回来，否则他就要杀我这个保人！

我同樊天佑又哭了一场，他怕回家也凑不到八百块钱，我说我写封信要他送到我家里去，一方面可以帮他凑钱，也是来救我的命；

一方面也通知我家里带钱来赎我，虽然康东家待我很好，但我也不愿意跟土匪过一辈子啊！

条件虽说谈定了，跳躃子只肯解开绳子放人，樊天佑一个钱的路费都没有，怎么走得回去嘛。最后还是我们康东家仁义，给了樊天佑两百小钱做盘缠，外送他一顶斗笠。我与樊天佑真是痛哭而别，他是万分感激我求情，我担保，才能放他一条生路，但也知道我的命就系在他的身上，路上不太平，出任何岔子都会影响十天限期。我眼看他上路，只求他无论如何十天之内要赶回来，他哭着直点头，我送他真所谓"流泪眼观流泪眼，断肠人送断肠人"！

哎呀，把他送走了，我的心才开始紧张，天天算日子盼他回来，尤其过了六七天还无消息，那才真是愈想愈急愈害怕。跳躃子那么凶狠的一个人，他说得出做得到。我天天在门口伸着颈项望，每望一乘轿子来了就心跳，结果总是失望！到了第八天头上，我更是急得像热锅上的蚂蚁。最可恶的是跳躃子有一个十二三岁的小兄弟，他当着我故意去磨刀，又跟他们那一帮土匪说，磨利了刀锋好砍某一个人的脑袋。这已经够吓我的了，这个小鬼还不过瘾，他竟然把磨过的刀锋，放到我肩头上来比画比画！

他向我说："喂！老挑，今天是第几天了，你做保人总该知道还有几天限期！"我忍气吞声地回答："我知道，今天第八天，我相信在这两天内，我那个同学一定会赶着送钱来！"那个小鬼说："我怕再过两天，你老挑的脑袋要搬家了啊！"

当时我想八成这个脑袋保不住了，跳躃子的小兄弟如此恐吓我，足证跳躃子真的会下此狠心。我一夜睡不着，想来想去只有求康东家才能救我的命。第九天一大早，我就去求康东家，我把跳躃子的小兄弟头天磨刀吓我的事对他说了，我说我的同学一定在赶路，只求康东家对跳躃子说情，再宽限几天，否则他们要拉了我去砍头！

我着急害怕得不得了，哪晓得康东家只轻描淡写地说了三句话："你是我的人，跳躃子有多少筒筒？他敢抢你去吗！"多少筒筒，就是指多少杆枪筒子。只要有康东家这句话，我就吃了定心丸！我想，对啰！谁不知道我是康东家的师爷，康东家怎么肯让跳躃子抢了我去砍头，不说顾我的命，他也要顾他的面子。但是我也担心，他们两派很可能要为我翻脸，说不定会自相残杀干起来，我自己能不能脱险，也总是问题！

第十天的一大早，康东家就带了我们走了，我开始还以为他是避免为我作保的事与跳蹄子起冲突，带领人马一走了之，结果才不是这么回事。原来康东家早已暗中与官方的人接过头了，他接受招安，被指定带了手下到来苏去接受改编。

到了来苏，我才知道这回事，心里很兴奋，既脱离了跳子要命的威胁，又可以不再做土匪了！康东家既已接受了招安，大概我也可以请假回家去了。

可是只停了一天，康东家又接到通知要他把人马带到松溉去。松溉在泸州下游，扬子江边上，此地出碗。到松溉，我们康东家被改编做了连长，当了官，自然恢复本来姓名，可以叫他赵连长了。我这个土匪黑笔师爷，也跟着招安改编做了赵连长的司书了。嘿嘿，我这个司书在松溉还做了个把月哩。

我没想到招安之后，依然有人找我的麻烦：在康东家做土匪头的时候，手下有内管事、外管事之分，内管事管钱管账，外管事专责带领人马对外抢劫。康东家手下的外管事姓罗，此人一向对我不大好，但因碍于康东家，也不敢对我怎么样。招安之后，他也做了排长。

可是这位罗排长贼性不改，在他心目中他一直认为我是绑来的肥猪，所以他总想在我身上动脑筋弄些油水。有一天，这位罗排长突然把我叫去说，康东家目前虽被招安了，但至今上面还没有发过粮饷下来。他又说，康东家过去还欠他的钱，如今没办法，想来想去只有我家里有钱。又说康东家一直对我很好，要我报答康东家，要我写信回去，要家里赶快把钱送到永川，由他派人去取，拿到了钱，就可以放我回去！

我心想，当了这么久的师爷，他们还是把我当肉票要勒索嘛。我说：要多少钱呢？罗排长说总得三四挑银子才能解决问题。我心里明白，先应付了他再说，佯装答应了，等我一离开罗排长，就去向康东家报告。我心想真要是康东家自己的意思，我感激他救了我的命，一定照办。康东家一听大怒，立刻就把罗排长叫来大骂他一

31

顿，骂他不长进的王八蛋！当了排长还在想勒索，并且警告他再打坏主意，就要把他送去军法从事！

我知道罗排长从此更恨我了，我自加小心，不离康东家左右。

没有多久，队伍又开到来苏去，我再去找那个福音堂教书的同学，不知家里有没有消息……

有一天忽然枪声连天，又打起来了。我一点也弄不清楚谁打谁，赶快向福音堂里躲，打到下午，枪声稀了，我想大概康东家把来攻的土匪打退了。教堂有人敲门，牧师去开门，我站在他背后，进来的民兵我都不认识。他们一见我就大叫：这后面还有一个，赶快给抓回来！

当时我亦大叫，你们不要认错人了，我是三营的司书张权！他们还是把我捉去了，幸好我自报姓名，大喊大叫，才未被他们乱枪打死，结果把我送到来苏寨上去，接受三堂会审！

我后来才知道，当时地方军队虽说招安土匪，但绝不真的信任土匪，等到机会，安排妥当了就围剿。康东家就吃了亏了，几乎可以说是全军覆没，围剿他的是一位姓帅的麻子营长，把我捉去审问的就是帅营长，还有吴东海区长，另外还有一位姓王的区长。

我原原本本说出我是求精中学的学生，如何在放假途中被土匪绑票，做了师爷等经过，招安之后，改编做了司书，确确实实不是土匪。幸亏有福音堂的牧师来作保，证明我说的不假，但帅麻子把我暂交给区长看管，说派人到内江我家里去调查是否确实。

我住到王区长家里去，我才知道他是上一任的老区长，他同他儿子都待我很好。那一段时期我胃口奇佳，一顿要吃他们四碗饭。哪晓得他们也是要钱的，他们要我写信回去要钱，报酬他们供养我。真是想不到的事，土匪把我当肥猪要勒索，没想到做区长的，也想在我身上弄油水！住在区长家里，我才探听出来康东家是被打死了。据说他是腿上带了伤，躲在墙角下，大概他的手下准备放火烧民房，康东家不许放火，大声叫着阻拦，声音出来了，被民兵发现，隔着土墙，一枪把他打死的。我听了很难过，他这人真讲义气，并不是坏蛋。

那个真坏蛋罗排长也被打死了，后来是集中尸体时，从他的裹腿上写的姓名才证实是他。

后来是我四家兄赶来荣昌,他写信拜托永川县长,来与帅麻子帅营长交涉,才把我接回去的!

我记得是五月三十日遇匪被绑,直到九月十日才被四哥接回去,前后正好整整一百天。

樊天佑确实送信到我家里去了的,他家里实在拿不出钱来,所以由我家里打点来营救我,我四家兄就是这样赶出来的。只因为那年头,四川乱得很,我四家兄还未到时,我又被康东家带走了,辗转追寻,一直托到永川县长才总算找到我,我被接回家才知道我的十弟倒很幸运,那天居然逃脱了,就是那位安岳的梁同学一直拉着他的手在跑,后来由梁同学把他送回我们家的。我这位梁同学,以后还做了林森主席的卫队营的秘书,我们在重庆还会过面!

二、为爱情削发出家做了和尚的孤苦凄清一百天

我的未婚妻,原本就是我的表姐,比我大三个月,我们的感情极好,可惜她过早死去。她叫谢舜华,尧舜的舜,中华的华……我由日本回来,本想回内江祭吊尽心,可是正逢张勋在闹复辟,兵荒马乱,我回不了四川,家兄又命我回日本,那年我20岁。我21岁(一九二〇年)由日本回来,当时我确实有过念头,今生不愿结婚了。

我家里信奉天主教,但我对佛学很有兴趣……

我当初决心要做和尚,是在松江的禅定寺,住持是逸琳法师,"大千"就是逸琳老方丈为我取的法名。起初,我完全根据佛经,崇奉释迦牟尼的方式:"日中一食,树下一宿。"

当时佛门中声望最高的,是宁波观宗寺的谛闲老法师,我决定到宁波去求见谛闲老法师。我由松江募化到了宁波,观宗寺的知客僧对我这个野和尚闭门不纳。我回到小客栈去想办法,就写了一封信给谛闲法师。据说谛闲老法师正在闭关,外人见不到。我这封信发生了效果,老法师回信叫我去见他。观宗寺的知客僧一见是我,

大不高兴，报我这个野和尚不知趣，又来找麻烦。我笑着告诉他，这一次是你们老方丈请我来的，直到出示了谛闲法师的信，他才无话可说，让我进门。

谛闲法师要我去，是看了我的信，认为字里行间颇有灵性。我与老法师天天论道，听他讲经说法。我虽说原本是去观宗寺求戒的，但临到要烧戒时我又怀疑了。

我与老法师辩论，我说佛教原没有烧戒这个规矩，由印度传入中国初期，也不兴烧戒。烧戒是梁武帝创造出来的花样，梁武帝信奉佛教后，大赦天下死囚。赦了这些囚犯，又怕他们再犯罪恶，才想出烧戒疤这一套来，以戒代囚。我说我信佛，又不是囚犯，何必要烧戒，不烧戒，也不违释迦的道理。

谛闲老法师说，你既是在中国，就应遵奉中国佛门的规矩。他又譬喻说，信徒如野马，烧戒如笼头，上了笼头的野马，才变驯成良驹。我回答他说，有不需笼头的良驹，难道你老人家就不要么？老法师笑而不答。

谛闲老法师当时已是七十多岁的高龄，我二十刚出头，少年气盛，辩论时老法师好耐心，我曾出妄言说，您老人家是当代高僧，可是我已得道成佛您不知道。老人家笑叱我一句："强词夺理！"

辩论了一夜，并无结论，老法师并未答应我可以不烧戒。我记得那天是腊月初八，第二天就要举行剃度大典。我实在想不通，要我烧戒也不甘心，终于在腊月初八那天，逃出观宗寺！

我当时虽然逃出了观宗寺，但我并不是要还俗，我只是不愿意烧戒，我打算到杭州西湖灵隐寺去，投奔一位认识的和尚。到了西湖旗下营，要过渡到岳墓，渡船钱要四个铜板，我当时只有三个铜板。我想他对出家人总可以客气点，上了船，就对他说明我的钱不够，请他慈悲。哪晓得船夫不但不慈悲，反而开口就骂，他说天天摇船摆渡，你们和尚渡来渡去多得很，如果各个都要我慈悲，我岂不是要喝西北风！

我忍气吞声，心想既然做了和尚，还争什么意气，逞啥子强。过了渡，倾其所有给他三个铜板，心想所欠有限，他会高抬贵手，让我走的。哪晓得他一把抓住我的僧衣不放，破口大骂，骂我野和尚不给钱。我也开口回骂。

更令我恼火的，是他把我穿的和尚礼服"海青"扯破了，游方和尚没有海青，就不能挂单。

骂人还不要紧，拉扯之间，船夫竟然用桨来打我，我一怒之下夺过桨来，就把他打倒。他大叫救命，岸边的闲人等，也大叫野和尚打人，但是没有谁敢阻挡我了。

这件事对我刺激很深，那时候究竟是血气方刚，一点不能受委屈。我开始想到了和尚不能做，尤其是没有钱的穷和尚更不能做……

我仍然到灵隐寺寄住了两个月……

我写信给上海的朋友，不讳言自己的苦闷。上海的朋友们，也认为我长期寄居在西湖灵隐寺不是办法。他们建议：就是要住在庙里，也不妨住到上海附近的庙里来。我同意这办法不错，若到了上海附近，可以经常与朋友接触，谈书论画，可免寂寞烦闷……

上海的朋友来信说，已代我接洽好两处庙子，我可以去挂单寄住。他们不告诉我庙在哪里，只约我某月某日坐火车到上海，他们指定我在北站下车，说是来接我，然后陪我去庙里。

那一天，我完全遵照他们的约定，到了北站下车，正在东张西望找我的朋友时，人群中突然有人抓住我的手膀子，大喝一声："总算把你捉住了！看你还能朝哪里逃！"

原来我是被我的朋友们"出卖"了，他们不但没有来接我，早已用电报通知我二家兄，由四川赶来，等在月台上抓我！

二家兄免不了把我一顿好骂。当天就动身，把我押回四川，而且回家后就在母兄命令之下结了婚。没想到家里已经另外为我订好亲事，结婚这年，我22岁，我的原配名曾正蓉。

由松江禅定寺开始，到上海北站月台我被二家兄抓住为止，前后刚巧又是一百天。

| 细说敦煌 |

细说敦煌

在河西走廊一带，只有两个宗教，一个是汉人的道教，一个是喇嘛。大概汉人多信道教，其他的佛教就是喇嘛；汉人有时候也当喇嘛，当了和尚就是喇嘛。河西这一带人民，多半不大相信医药，只相信念经，所以家里有人生了病，或牛马生了病，就请喇嘛来念经，那一带的汉人也比较少。

光绪二十六年（庚子），有个王道士，名叫王圆箓，本来是当兵出身，他就在酒泉——当时的肃州当兵，后来才出家做道士的。当地只有道释两教，道教以一部小说《封神演义》占领了河西，佛教也以一部小说《西游记》作为护符。王道士以化缘度日，出了嘉峪关，经过玉门、安西。关外三县以敦煌县最为富庶，有四十里绿洲，可以生产粮食，有树木。王道士到了千佛洞，住在后来我所编号的一百三十几洞之中，带着行李铺盖卷儿，骑个小毛驴，就住在洞里，附近还有个小花园。

敦煌的面积非常之大，但是绿洲只有四十里，可以种植，另外西出阳关，也有绿洲可以种植，其他就没有可种植的地方了；也不可以住人，因为当地没有水源。

王道士到了千佛洞之后，许多汉人请他念经。汉人请汉人总特别方便一点。王道士当时手边没有经典，在敦煌西门外十里地，有座鸣沙山，山下有月牙池，水源碧清，相传汉武帝得天马于渥洼池，即是此地。其地有药王庙，是座道士庙，庙内有道经。王道士就请了一位杨先生抄写许多普通的道经，准备念经之用。

药王生日那天，大家都去月牙池参加药王会，王道士没有去，杨先生也没有去；可惜我们现在连杨先生叫什么名字都不知道，因为对于发现敦煌壁画，杨先生还是一位关键人物。杨先生当时就在

39

我后来编的一五一号洞门口抄经。洞坐西向东,千佛洞所有的洞都是如此,所以早上八九点钟,阳光一直射入洞中,可以不用点灯。一五一号洞的墙上是宋人的画,杨先生就在洞口安一张桌子抄录经典。

本地人都抽甘肃绵烟,可是当地的纸十分金贵。戈壁之中,有所谓三宝的,那便是红柳(西河柳)、索索柴(那是一种御寒的燃料,也是很古的木头,可以用来做摆设的)和蓟蓟草。说起蓟蓟草,粗的可以做筷子,两头用银子镶成筷子,是进贡到宫里去的用品,细的搓成绳子,可以用来牵牛。

杨先生写经之余,吃皮丝烟,燃蓟蓟草,当作纸捻,又名纸吹。一百五十一洞的墙壁裂了缝,他坐北朝南,阳光从东边进来,蓟蓟草很贵重,他吃了烟之后,就把火熄灭了,顺手把这支引火的蓟蓟草插在墙壁缝内,准备等一会儿吸烟时再用。

等杨先生再抽烟的时候,引火的蓟蓟草被深深地插入墙壁里去了,于是他和王道士研究,这墙是戈壁,是岩石,这墙里边难道是空的吗?用石块敲击墙壁,果然发现墙内是空的。他俩就在光绪二十六年己(一九〇〇年)四月廿八日晚上打开墙壁,发现了举世闻名的宝藏。——据斯坦因的记载,说是在庚子年(一九〇〇)的五月某日,那是用的阳历计算,实在是农历的四月廿八日。

所谓壁画是画在戈壁之上,先涂上泥土,随后用麻筋、泥土、石灰抹平了才能在上面绘画。王道士和杨先生那天晚上一打开墙壁,石壁松落,现出一座门的形状,门是用土砖封着的(西北的土,产于黄河两岸,很坚实)。用力打开,才发现石壁内藏的都是经卷,足足有五百立方公尺的经卷,用布筒子,十卷经装一筒,一个口袋;至于画,是平铺在地上的,不计其数。

第二天,消息传到月牙池,参加庙会的人都赶到千佛洞来看热闹。王道士也不知道这经卷是贵重的文物,既然上面是写的经,这个拿五卷,那个拿十卷,便传到敦煌县城里去了!

在发现经卷的上一个洞,内中原来有释迦牟尼佛的像,后来没有了,我们猜想,那是因为搬开佛像,用来藏经之故;藏经的原因,是预防西夏之乱,怕闲人把庙里的宝藏拿走。

当时王道士得到了这批经卷和古画，也不知道是怎样贵重，但他想这些总是几百年上千年的东西，他是个穷道士，有香客到洞里来参观，看壁画看经卷，他就要求人家布施；随后，他雇了两头驴子，自己骑一头，一头装了两箱经卷，从敦煌到安西，安西到玉门县，然后出嘉峪关。因为王道士原来是在肃州当巡防兵出身，当时甘肃肃州有一个道台，称为甘肃道，是满洲人廷栋。王道士拿一箱经卷，献给廷栋，廷栋对古物不大了解，而且敦煌的东西又从来没有听说过，他以为这位道台大人会赏他许多银子，哪知廷栋对他说："你这个东西古是古的，可是这个字还没有我写得好！"一瓢冷水浇，王道士既得不到赏钱，还要化了缘才能回去。于是拿剩下的一箱经卷，这家人家捐他五分银子送一卷，那家人捐他一钱银子送两卷，最后，王道士回到了嘉峪关，那是我们中国的关隘，但在那时候，海关已经归外国人管了。有一个比利时人，译名叫作林以镇，做嘉峪关的关监督，这里是通俄国的必经之路；虽然是个冷衙门，但大小总是个官，娶了一个中国太太。王道士送他几十卷经，他也不懂，糊里糊涂地收下了。又过了几年，这位关监督辞官回欧洲，从西伯利亚走，经过新疆，到西伯利亚坐火车回欧洲。

驻在新疆迪化的将军名叫长庚，这位林监督就把经卷送给长将军。长庚是一位武官，也不懂这些经卷是什么东西，就留了下来。现在许多人都称斯坦因为考古家，实在他是一个国际间谍，本身是匈牙利人，入英国籍，在印度政府下面做事，来中国偷画我们西北的形势，测绘新疆、甘肃及边界的地图。长庚把这些经卷拿给斯坦因看，斯坦因虽然也看不懂，但他知道这些经卷是一千多年前的墨迹，那在外国就不得了啦！一定是宝贝，就瞒过长庚，私下到千佛洞去一探究竟。他身边带了一个翻译人员，那在当时是被人称为师爷的，姓蒋，名资生，湖南湘阴人。在斯坦因所著的书上，就称他为蒋师爷，却没有记载他的名字；至于我之所以知道蒋的名字，是因为蒋曾经用刀在洞中壁画上刻上了斯坦因和他的名字，上面写的是"某年某月，湘阴蒋资生随同英国总理大臣斯坦因到此……"等文字，大约也是他的崇洋心理作怪吧，蒋资生竟把斯坦因当作英国总理大臣了。

斯坦因到了千佛洞以后，遂天天跟王道士讲《西游记》；这在斯所著的书上也有记载的，并且送了几百两银子给王道士。王道士得了斯坦因的银子，就挑选了一部分经卷送给斯坦因，因为斯坦因不懂汉字，他们只能从经卷中挑出完整无损的，第一批就捡了九千多卷之多，王道士甚为慷慨，凑满一个整数，再送一千卷，合成一万卷；实在当时王道士屡次碰壁，难得遇见一个"识家"，就实行大赠送了！至于完好无缺的画，共达五百张，其他破烂的画片，不计其数，斯坦因于是雇了四十个骆驼一起驮走的。

斯坦因把这些经卷和画先拿到印度，那时印度还属于英国，斯到中国来，是印度政府派他来的，他用的钱也是印度政府给他的，于是就在印度成立了西域博物馆，分了一半，另一半分给大英博物馆，所以现在要论最精美的敦煌宝藏，大部分是在英国博物馆。

斯坦因把这些东西拿回英国之后，引动了一位汉学家伯希和的兴趣，伯希和闻风而至，他也到敦煌来了。他拿的没有斯坦因那么多，但他聪明，他都捡的是中国诸子百家的书，世界上所没有的书，有道家的书籍、儒家的书籍。经伯希和这么一拿走，全世界都轰动了！我国的学者董绶金（康）、罗叔言（振玉）许多位老先生，都奔走于伯希和之门，只要能看到几幅照相图片，如获至宝。我们的国家——清政府——也不晓得说"那是我们中国的东西，你不该拿走"，那时候"媚外"唯恐不及，谁还敢说这些话呢？所以我国的考古家，就靠伯希和给他们的几幅图片，在那里大作其考据文章。这样的大事传开来了，清廷方才着地方当局派人到敦煌去将这些藏经拿走，只装了几车，也就装完了。其时敦煌的县令是一位进士，名叫王秉瀚，江西人。那时候敦煌的老百姓也知道那些经卷是宝贝了，所以在政府用牛车来装载的时候，还有人在车前车后偷经卷的。

现在我国图书馆里所有的，北平图书馆有的，还有我们搬来台湾的，都属于学部搬回来的这一批。

斯坦因当然是个罪人，但他也是个功臣，此话怎讲呢？如果没有他把这些宝贝拿出去，我们国内的人就根本不知道，或许也都失散了；不过他真是确确实实把我们的国宝都盗走了！

临抚敦煌壁画展览序言

　　河煌久客，乍返成都，旧雨相逢，奇观共诧，举石室之绘事，方海容以谈瀛。

　　盖大千平生流连画选，倾慕古人，自宋元以来真迹，其播于人间者，尝窥见其什九矣，欲求所谓六朝隋唐之作，世且笑为诞妄。独石室画壁，简籍所不载，往哲所未闻，千堵丹青，遁光莫曜，灵踪既闷，颓波愈腾，盛衰之理，吁其极矣！今者何幸，遍观所遗，上自元魏，下迄西夏，绵历千祀，杰构纷如，实六法之神皋，先民之矩矱！

　　原其飙流，固堪略论：两魏疏冷，林野气多，隋风拙厚，窈奥渐启。驯至有唐一代，则磅礴万物，洋洋乎集大成矣！五代宋初，蹑步晚唐，迹渐芜近，亦世事之多故，人才之有穷也。西夏诸作，虽刻画板钝，颇不屑踏陈迹，然以较魏唐，则势在强弩也。

　　大千磅礴坐卧其下者，几及三载，燃脂握管，目营手追，其间门人子侄，以及番僧匠史，各佐厥事，祁寒盛暑，劳苦相勉。计所程获，都凡巨细得百有余幅，知旧朋好，往往迫促求观，而匆遽间，尚有修整未尽者。兹特先将临抚石室，及榆林窟四十余幅，暂事陈列，以付群公先睹，他日稍暇，当再尽出其所作，俾吾国二千年来，画苑艺林，瑰玮奇宝，得稍流布于人间，而欲知宗流派别之正者，亦屹然当有所归！

　　　　癸未（一九四三年）嘉平，大千张爰并识于大风堂

临抚敦煌壁画画集序

　　辛巳（一九四一年）之夏，薄游西陲，止于敦煌，石室壁画，犁然荡心。故三载以还，再出嘉峪，日夕相对，慨焉兴怀，不能自已。

　　旧传当苻秦建元二年（三六六年），有沙门乐僔，杖锡林野，行至此山，见有金光，状若千佛，因营窟一龛。其后自元魏以迄于元，代有所营。今所存者，凡三百有九窟，绵亘约二、三里，所谓乐僔窟者，今不复可考矣。石室唐时名莫高窟，今称千佛洞。出敦煌县城南四十里，黄沙旷野，不见茎草，到此则白杨千树，流水绕林，被千百年来之灵岩静域也。

　　大千流连绘事，倾慕平生，古人之迹，其播于人间者，尝窥见其什九，求所谓六朝隋唐之迹，乃类于寻梦。石室壁画，简籍所不备，往哲所未闻，丹青千壁，遁光不曜，盛衰之理，吁其极矣！今石室所存，上自元魏，下迄西夏，代有继作，实先迹之奥府，绘事之神皋！原其飙流，元魏之作，冷以野山林之气胜。隋继其风，温以朴宁静之致远。唐人丕焕其文，浓稬敦厚，清新俊逸，并擅其妙，斯丹青之鸣凤，鸿裁之逸骥矣。五代宋初，蹑步晚唐，迹颇芜下，亦世事之多变，人才之有穷也。西夏之作，颇出新意，而刻画板滞，并在下位矣。

　　安西万佛峡，唐时名榆林窟，并属敦煌郡，今在安西城南一百八十里。旧传谓建始于北凉，所造窟亦长一二里，大半崩毁，今所存者惟二十余窟。稽诸壁画，仅留初唐之迹耳。

　　大千志于斯者，几及三载，学道暮年，静言自悼，聊以求三年之艾，敢论起八代之衰。兹列举所临莫高、榆林两窟数代之作，选印成册，心力之微，当此巨迹，雷门布鼓，贻笑云尔。

　　丁亥（一九四七年）二月既望，张爰大千父

我与敦煌壁画
——亚太地区博物馆研讨会专题讲演词

敦煌学今天已经成为一种显学。敦煌的知名于世，先是由于敦煌卷的发现，接着便是壁画受到重视。我之所以远去敦煌，则是为了描写唐塑、观摩壁画。

中国的绘画，古代以壁画为主。汉魏以降，虽然也以纸绢作画，但在分量上不如壁画之盛。尤其佛教传入后，寺院的壁画，成为信徒们的供养对象。可惜古代的建筑，遭遇历朝的兵燹水火，大都毁坏了。而敦煌因偏处边陲，气候干燥，得以侥幸保存到现代。敦煌是在我国河西走廊的西尽头，在汉唐时代，掌握东西交通的枢纽，称盛一时。因此东西文化在这里交会，大大地提高了敦煌的文化地位。

敦煌壁画是在距离敦煌四十华里的鸣沙山千佛洞，千佛洞是当地人的俗称，原名莫高窟（胡适之先生曾就回纥语译莫高二字为桃花，经详查二字出处，莫高实即漠高，指沙漠中的高山，这是在壁画的题记中所发现）。在山的砾岩峭壁上凿有一排排的石窟。峭壁的下面是一道河流，源出天山，经莫高窟十余里北流入戈壁而竭。这些洞窟长约两公里，分五层排列。其第五层现只余一窟，可说是洋洋大观。据说苻秦建元二年（三六六年）有一个远来的和尚乐僔开始在峭壁上凿开洞窟，后来又有法良禅师及北朝唐宋的信徒们相继建造，才有如此盛大的规模（相传曾超过一千窟，因崩毁或为流沙所埋，仅存现有实况）。

莫高窟在宋时西夏之乱，僧人将贵重古物、经卷封藏一石室之中（为本人所编第一百五十一窟），未为外界所发觉，直至清光绪二十六年（一九〇〇年）湖北籍的王圆箓道士发现了藏经，接着匈牙利人斯坦因、法国人伯希和相继东来，运走了藏经洞的卷子以及佛帧数以千计，敦煌石室之名，遂大著于世。

我去敦煌是为了想描绘唐人的彩塑，当然也为了观摩壁画。但因未见到斯氏和伯氏的出版物，尚不知有如此多而且好的壁画。及至初抵莫高窟，灯下观看洞中的壁画，觉得非三个月时间从事临摹不能竣事。翌日再看十数个洞，觉得半年之内也无法离开莫高窟了。

我到敦煌，是在民国三十年（一九四四年）三月间，带同家人前往，千佛洞离敦煌四十里路。离城十里皆为绿洲，接连三里较多沙，土著称为沙窝，然有二十余里戈壁，白昼酷热，须在入夜后方可行走。结果我留在敦煌千佛洞两年又七个月。生活与工作的艰辛，自然不用提，而所摹的壁画为两百七十余件，携出者仅小幅数十件。

在敦煌石室面壁摹画，如今值得一提的有三点：

一、从事洞窟编号：在我去之前，千佛洞也曾有过编号，那是法国人伯希和所编，他为了自己摄影的便利，凭自己的爱好，才加上编号。如果就我的顺序来看，一、二、三、四洞，伯氏均未列入编号。因为他不需要摄影。他编号由第五洞起，中间又跳跃好多洞不编，若是他回头发现第二洞还有摄影价值，他又编为四十五号。除了数目字而外，他又用A、B、C、D英文字母，故而零乱不堪，毫无系统。

我的编号，是根据河流的方向由南而北，由下层转折而上，故第五层仅余晚唐景福年间所凿一窟及余所编号之三百零五洞，如是者五层，有规则地编了三百零九洞。我用长方形的马口铁皮挖成空洞字目，令人用手按在壁上，然后用排笔蘸墨刷之，字大约四五寸，于是窟号显然。我所编列的三百零九洞，加上耳洞等附号，其数为四百零七窟。后来据说有人将附号的耳洞也编列入正号，这就不敢苟同了。

二、发现壁画下层的前代壁画：大家应该知道敦煌壁画也曾经过三种劫难：第一种是新疆回族人白彦虎之乱，对画有所损伤；第二种是民国初年（一九一二年），白俄五百余人流浪至莫高窟，设炉灶、挖土坑，生火熏烟，对画摧残不少；第三种可以说是本地人所为。他们每逢每年四月初八千佛洞的庙会，群往烧香，支炉生火，伸手抓羊肉和煮麦片，人马住宿，久之对画自有损坏。另外，还有一次，约在一九二四年，美国人华尔纳用化学方法，以树胶布黏去壁画二十方。尚有已涂药水，未曾黏去者十数处。我在临摹的过程中，由于第二十窟曾遭白彦虎之乱的损伤，加上白俄炉灶烟熏，使壁画残破剥落。当时于右任先生路过敦煌去看我，有骑兵第五师师长马呈祥相随，见墙壁驳落处，下层尚有前代画迹。我乃向于先生说："下层必然有画。"马师长乃令其部下以石击落上层烧毁之宋画，赫然发现唐开元间晋昌郡太守乐庭环父子供养像，敷彩行笔，一派阎立德画法，与一百五十四窟武周氏所画维摩变笔法脉脉相通，此窟盖宋时重修，上敷石灰一层，将原来的唐画遮蔽着。

又在同窟的东壁左面，宋画残缺的部分，发现有"唐咸通七年题字"等字样，可见这个洞已有两次重修。我的发现，固然不是什么惊人之举，但当时曾有人说我"毁坏壁画"，在这里，得澄清一下。

三、敦煌壁画的文化价值：我以近三年时间临摹敦煌壁画，它的影响，对我个人来论是多方面的。如壁画本身的衍变、历代官制服饰，以及称谓的研究、碑拓、彩塑和建筑等等，都使我增加不少了解。尤其敦煌壁画集古美术史之大成，代表北魏至元代一千年来我们中国美术的发展，更是佛教艺术文化的最高峰，到现代仍然相当完整。它不仅考究历朝制度，而且补唐末五代史书之阙文。它的历史考证价值，可以媲美其艺术价值。过去，学术界对我在敦煌的工作，为文评赞，实愧不敢当。但是能因我的工作而引起当道的注意，设立国立敦煌艺术研究所，为国人普遍注意敦煌壁画的文化价值，也算略尽书生报国的本分了。

谈敦煌壁画

我国学术界因偶然的发现，而起了很大作用，辟了许多新园地，造就了不少新专家，这不平凡的事，第一件便是发掘殷墟的龟甲兽骨文字。自清末刘铁云、孙仲容、罗叔蕴、王观堂以至于近人董作宾，先后都有发现，尤其对于殷代的考古和文字学，有很大的帮助，使古代历史凭地下的史料，更加一层真实性，堵塞了一般疑古大师的口。因为殷墟是河南安阳，所以人们多半称研究殷墟文字的叫作"安阳学"，而可以和"安阳学"对垒的，或者作用和范围更比较大一些的，那就是甘肃敦煌县和安西榆林所发现的莫高安西榆林窟里面的六朝唐人的写经和古书。这当然是对于校正古籍佛经和掇遗搜亡有莫大补助，而我们所注意的，却是伯希和、斯坦因这批人所搬不去的窟里的数以千计的壁画。这真是六代三唐艺术的精英，中国艺坛从来未发现的宝藏，所以近人陈寅恪先生便称之为"敦煌学"，来和"安阳学"并峙。在学术艺坛上，这可以说是学术界的两大发现。由这两大发现，所以中国学术艺术界里，也起了绝大的波动，如果在中国其他荒僻地区无意中再有新的发掘发现，我想更可以增加我们学海艺坛的光辉灿烂。现在我要提到"敦煌学"的艺术一部门"壁画"上面来了。敦煌这个地方，现在虽是荒漠之区，但自汉至宋，在海上交通大发达以前，西北交通大道，全靠由陕西至新疆、中亚细亚，而到欧洲和印度这条大路，所以那时无论达官贵人、豪商巨贾，莫不经过这条路。而石窟的藏经壁画，也就因为来往人的频繁、佛教的发达，所以规模特别的大。其中写经等等，大部分为外人盗买以去，剩在中国图书馆的，只有八千余卷。这门学问虽然有中国学者片段的整理发表，但全部的整理，恐怕还没有人去做。

所谓"敦煌学"应该分两部分来讲，一部分是藏经，一部分是壁画。

敦煌这地方是在中国西北的甘肃省，而有壁画的石窟，计有四处，一是莫高窟（一称千佛洞），二是西千佛洞，三是榆林窟（俗称万佛峡），四是水峡口。现在我把这四窟的地点和窟的数目，分记在下面：

窟名	地名	窟数	建立朝代
莫高窟	敦煌城南四十里	三〇九	北魏
西千佛洞	敦煌城西七十里	一九	北魏
榆林窟	安西城南一百六十里	二九	唐
水峡口	在安西至榆林窟之间	六	魏

统计上面四个地方，共三百六十三窟，其中有小窟附于大窟的不少，我把它们叫作耳窟，不计算在内。如果把耳窟统计在内，大约总在五百窟左右。而这四处中，窟的数目最多的，还是要推莫高窟。莫高窟的得名始于何时，已无法考证，大概是以莫高山的名作窟名，而窟的始建，是在苻秦建元二年（东晋海西公太和元年）。据碑记所载，是有一位沙门名叫乐僔的，偶然行到此地，忽然看见金光内有千佛，所以他就发愿就山造佛一龛。随后又有一位法良禅师，又在乐僔所造佛窟的旁边，继续营造。后来又有刺史建平公和东阳王，接着增造。到了唐代周武圣历元年（六九八年），中间经过不过四百年，但是窟的增加，已到了一千多的数目了，真可以说是盛极一时。但是因为年代久远，中间经兵燹的破坏、风沙的侵蚀，崩毁的甚多，到了今天，那有壁画存在的，共只有四百窟左右了，可以说是艺术的不幸。但所幸的还有这四百左右窟的壁画、上千的佛像，都是历代名家高手的精心作品，让我们凭吊观赏临摹，又不能不说是一件极可欣幸的事。

窟的年代数目，大概明白了，但窟内情状如何呢？在这将近四百窟里，除了塑的佛像以外，便是壁上画的佛像了。而除佛菩萨以外，还有更多陪衬的东西，今为易于明了起见，特地分类列在后面：

一、佛像：所有佛像、菩萨像、观世音菩萨、贤劫千佛、天王、夜叉、飞天等，皆属此类。

二、人像：所有比丘、比丘尼、近事男、近事女、供养人、男女、国王、夫人、昆仑奴等，皆属此类。

三、鸟兽：所有虎、豹、龙、凤、狮子、鹿、孔雀等，皆属此类。

四、花木：所有各种花，如莲花、罂粟花、蝴蝶花、山茶花等，皆属此类。

五、楼阁：所有房舍及极乐世界楼阁皆属之。

六、器用：所有香炉、旗旖、冠服、鼎、瓶、舟、车、床、肩舆等，皆属此类。

七、故事：所有经变、地狱变、佛传图、出行图等，皆属此类。

八、山水：此类多附属故事楼阁，比较少见。

九、图案：所有藻井之团花、方格、花边、各种鸟兽纹，皆属此类。

上面所说的九类，大略可包括窟中的画，但仍是以佛像为主体。谈到佛像，我们便不能不追溯到中国的人像上面去。因为我国画学发达最早，黄帝之史官仓颉造字，便是利用万物的形态来作题材。所以《说文》序上说："黄帝之史仓颉，见鸟兽蹄迒之迹，知分理之可相别异也，初造书契……仓颉之初作书，盖依类象形，故谓之文。"所谓象形，即是图画，这也可以说是书画同源的一种证实。黄帝时候已知道染衣裳的颜料，已知道色彩的用途。到了虞舜时候，用十二种东西来画在衣服上面，是画的艺术，已在这时期开始。禹铸九鼎，画九州山川异物，恐怕是山水鸟兽草木画的开始。而商周的彝鼎上面，都画有星云鸟兽回纹，又开图案的先河。殷高宗梦见传说，把他的像画出来；周代画尧、舜、桀、纣像在明堂上面，这可以说是我国人物画的开始。汉宣帝画烈士于麒麟阁，也是注重人物。汉明帝梦见金人，以为是佛，派蔡愔到天竺求佛法，他同沙门摄摩腾竺法兰携带佛经和释迦立像，东还到洛阳，明帝即叫画工把佛像画在清凉台上；而天竺僧人如摄摩腾等也曾画首楞严二十五观图在保福院里面，这便是我国佛像画的开始。因为我国古代人物画像，大多数重在礼教和劝诫两方面，所以画的不是古代圣人，便是大奸大恶。而在佛教流入中国以后，他那一种精深微妙圆通的学说，固然能够打动知识阶级的心弦，而祸福轮回之说，也可以使愚夫愚妇起信。尤其是在国家衰落、社会动乱的时代，一般人苦于现实之无可留恋，不能不找精神上的寄托，超物质的安慰。佛说三世的道理，便足以坚定一般人的信仰，而且佛经又常常指示人们以写经、诵经、画像的功德，这也许是佛教的一种宣传作用。而自佛法入中国以来，写经造像的风气，便大大兴盛起来。既然上自帝王卿相，下至豪商巨贾都想从画佛上面求福解罪，那么只有画壁。因为在纸绢发明以前，固然是画在壁上好；在纸绢发明以后，要在寺院供千万人的膜拜瞻仰，也只有壁画好。而当时的画家，为应时代的需要，都从画人像转而走上画佛这条路上去。其中最著名的，要算吴代的曹不兴、晋代的卫协、卫协的学生顾恺之，他们都是画佛的高手。而恺之更能为山水传真，开出我国山水画一派，但在当时总敌不过佛像人物的盛大。就这我们可以知道宗教影响艺术力量之大。不过我国画家的画佛和一切附带楼台树木等等，虽然受印度画的影响，但是中国人有一套融会贯通功夫。我们试看北魏西魏的敦煌画佛，面貌多半清癯，颇像印度人；而到了唐代的佛菩萨像，便是中国人的面貌。这也等于佛教传入中国之后，中国却自创出华严、天台、禅宗这些派别来，以求合中国人的胃口一般。

后来有一般的议论，他们却说壁画乃是工匠所为，绝不是名手所作；并且敦煌僻处边隅，不是中原文物之区，绝不会有名家高手到那里去画的道理。这种说法，是拿现代的情形来推测前人，拿近时的眼光来衡量往古，完全是错误的。他们只看见后来荒率错误的壁画，便抹煞古人的绝艺；只看见近世西北的荒凉，不知是古代的交通大道，真是不达时变、不知高下、不读历史的谬误见解。我现在可以把五个理由写在后面，来作为辨正的参考。

一、据史传所载，在佛画盛行时期，凡画佛像都一定要延请高手名家来做这庄严的工作，这是一定的道理，普通的工匠哪里能胜任这种工作呢？

二、如果画佛都是工匠所为，那么何以画史上所记载的画佛名手如此之多？

三、因为画佛是一种宗教上的工作，要极其神圣庄严，才能表达自己的信心，启迪他人的崇敬。如果不是名手，焉能胜此巨任？

四、因为画佛风气盛行，大家都争奇斗胜，因为这个缘故，必定争着聘请高手来做这种工作。

五、敦煌在当时虽为荒凉之区，但在海运开通以前，由南朝到宋代，全是中西交通的大道。在这中外具瞻的地方，大家争造佛像，哪能不找名家高手来显示我们崇高的艺术，又岂是工匠们所能做的呢？

上面五个理由，不过拿史实来证明。我们如果再从画的作风来看，更可以看出时代的递嬗，画风的转变，虽然有高下的分别，但都可以决定是出自名手的作品，绝对不是工匠们所能够梦见的。现在我把各代画风的优点，列举在后面：

一、元魏时代的作风：骨体放肆而粗野，用笔很放犷，画像多半是清而瘦的。

二、西魏时代的作风：生动是生动了，但仍是草率粗野。用笔能奔放，但是在敦厚方面却欠缺。上的色彩很艳而冷，但是在缜缛方面是缺少点，风骨清空放荡，矫健清劲是有余的。

三、隋代的作风：很凝厚纯正，放肆粗野的风气已没有了，深厚委婉的作风渐渐起来。神采和气质，都与西魏迥然不同。

四、唐代的作风：可分几个时期来讲：在武德以前，一天比一天地走向雍容的途径上，清新华贵，惊采绝艳，佛像崇尚壮美的，把元魏清癯的作风，通通一扫而空。光华灿烂，是从来未有的。天宝时代和垂拱时代体制又稍稍改变，神趣一下子便不同了，巧缛新丽，实在比从前又高了一些。供养人的像，都崇尚肥的、壮大的，大概都画成好几尺高。而在德宗以后，沙州为吐蕃占据，那好手名家都因政治关系，一下子便很少前去了。虽然那体制仍同从前一样，但用笔漫散，用意芜杂，神气荒疏，而气味草率，不过间或找到一两个好手画的罢了。自宪宗大中后，第三百窟《张议潮夫妇出行图》，仪仗很盛，人物繁多，但是骨法、气体沉雄精练，可算得当时的最好作品，真是晚唐的麟凤了。

五、五代的作风：五代可以说是最衰落时期。风格像已枯的木头，情味像已息的炭灰，可以不必评论了。然而经变图这些作品，还能做到很盛大的铺张。可以说力虽不足，还想高飞。

六、西夏的作风：西夏在宋仁宗时，离宋而自立，在西北云里的地方，占据了二百多年。他的画法，尚是宗宋代初年的笔意，能够创造，自成一家。画得很整齐工细，但是气格窄小，情味的成分不太多。我们分别上面各时代的作风，从美术观点上来看，虽然各有短长，但不过是风格的不同，随着时代来转变，这乃是风会所关，绝不是工匠们所能懂得的。但是我要问中国人何以看重文人画，而鄙视工匠画到这步田地呢？我们古代不是有出于"大匠"之门、"匠心独运""意匠惨淡经营中"这些话么。这"匠"字在这里的解释，都是偏于好的一方面，大匠就是大作家、大书家、大画家的别称。"匠心""意匠"都是指一种最敏妙超绝的设计。大概古人所谓的"匠"，必是最精的技巧。因为技巧用得极精细巧妙，所以称为大匠；因为巧，所以有"巧夺天工""鬼斧神工"这些赞词。大概古代无论建筑雕绘，都必由最有学问而能设计的专家来领导。因为他有学问，又有特殊的聪明智慧，加以精密的思索，造出玄妙的境界，精巧的艺术，所以才有"匠心""意匠"的这些说法，这当然不是一般无知识工匠所能做到的。我们试看宋画院的各派画家，他们不只对于人物、山水、花卉、翎毛、宫室都要学，还要教他们读《说文》，识奇字，通古代字源学。字源学既然要通，文字是更不能不通的了。又古代用画来取人才，常常有出一句古诗作题目，叫大家用心去揣摩，要画出这句诗的神理。如果画人没有文学的素养、绝特的天才、苦心的探讨，怎样能应付这类考试呢？所以我们对于敦煌画，无论从任何一个观点来看，绝对是有艺术天才的名手的作品，而绝不是工匠们所能做到的。

我们既然断定是名手所为，那么敦煌壁画整个优点又在哪里呢？我以为有如下四点：

第一是规模的宏大。我们中华民族伟大力量的表现，在工程方面，如秦始皇的万里长城、隋炀帝开凿的通南北的运河，这都是世界所称颂的。至于艺术方面，自古到今，虽然有建筑、壁画、塑像、雕刻等等，但是规模都不算很大；就是有规模稍大的，经过历代变乱，到今天已是好多看不见了。而还留给我们欣赏的，在雕刻方面，只有山西云冈石刻和河南龙门造像，够得上称规模宏大。这还是受佛教影响的关系，所雕佛像，全部是专家设计，由工匠凿成的，在艺术上的价值，恐怕比不上敦煌的壁画。我们可以想见西北沙漠中，有矗立的一座大山，依山来凿石窟。从前想来有两三千窟，现在还存在完全的约四百窟，鳞次栉比，绵亘一里多长，高处达到四层的洞，洞内四壁都是画佛。每一壁我们姑且拿三尊佛像来算，那么一洞至少十二尊佛像。以现存四百窟计算，总有三千尊佛像。这是何等伟大的工作！在艺坛里，我们哪能不佩服古人的规模宏大呢？

第二是技巧的递嬗。我们既然断定敦煌是名画家的手笔，那么我们可以不必管他是哪一代的作品、哪一代的作风、某一派风格吗？我以为这是断然不可以的。而且不管他的作风是粗犷，是温醇，是率野，是富丽，是清劲，是丰腴，总而言之，我们先不必存一个预判高下的见解，是要就他们各时代的作风，来看出艺术进步的过程、转变的痕迹，和流派不同之点。为什么初期总是苟简荒率；次初期总是比较有了进步；中期总是做到灿烂光辉，达到炉火纯青、艺术最高潮的地步；后期的总是比中期稍形退步；最后期一定走上衰落不振的阶段，这当然与风会有关。而风会之所以形成，也就可以说是国家文化消长的枢机，画坛人才盛衰的表现。而国家因为动乱或异族侵凌，以至对于整个艺术发生影响。我们看沙州为吐蕃所据，中原高手画家，不能到敦煌去，壁画在那一时代便有中落的迹象，这就可以证明了。

第三是包孕的精博。我们生在今日要看宋元名家的真迹，已是甚难之事。从前明清时代，要造就一个画家，实在不是一件容易的事。不只你要有绘画的天才，最要紧的还是你要得着机会，到书画收藏家里临摹古人名迹。越是看的多，越是得的多。但这种机会不常有的。至于宋元名迹，你一生能看几十件，已经是了不起的眼福了。因为在新印刷术发明以前，字帖还可翻印，还可捶拓，至于画的翻印，是毫无办法的。然而敦煌的画壁，所画佛像总数不下千幅！我们且不问他的时代如何、作风如何、派别如何，我们试想一下，世界上哪有能够收藏从元魏到宋朝一千三百余年间名手高作几千件的？以时代论，便经过北魏、西魏、隋、唐、五代、西夏等六七个朝代；以画手论，不管是北方南方，中国外国，无所不有（北魏、西魏、西夏均异族，然多濡染华风）；以画派论，人物、花木、树石、宫室、舟车，更是无所不备。我到敦煌，最初不过想勾留几个月，结果一住便是二年有余，这不能不说是壁画的包孕精博的美把我慑住了。

第四是保存的得所。先民在艺术方面留给我们的宝藏，的确不少，但是到今天我们所能看得到的，真是寥寥无几。在唐初，王右军的字有一两千幅；到了今日，我们只能看到唐人所拓的几行字而已。至于画家如阎立本、吴道子真迹，更是稀若星凤；宋元名迹，存世已不太多，更用不着谈到六代三唐了。这是什么缘故呢？那当然要归咎于国家的兵乱。每换一朝代，不只人命大牺牲，即文化艺术的作品，也是荡然无存。加以水灾火灾虫蚀潮湿的侵害，和保存的不得法，纸绢寿命又属有限，所以古人名迹越来越少，这是自然的趋势，也是一种无可补偿的损失。敦煌因为地处西北高原，天寒地冻，自然不会因天气变化而损害到艺术作品。又因为海道交通便利以后，从前甘肃一个交通大道，而今变为荒漠之区，当然没有人过问，更想不到洞内有如许伟大的宝藏。其间虽然因风沙侵袭，洞有崩毁的，还有清代康熙年间白彦虎的乱事，和后来俄人的毁坏等等，虽然经过这种人事天时的破坏，但到今天还有四百左右的窟，两三千幅壁画存在。因为地荒天寒，人迹不容易到，所以还能保存到现在。如果这些窟是在通都大邑，恐怕早就化为劫灰了。

有了上面四点理由，说明敦煌四个优点，那它对于今后的画坛，又有什么影响呢？我以为有十点，试述如下：

第一是佛像人像画的抬头。中国自有图画以来，在我前面所述，是先有人像画，次有佛像画，山水不过是一种陪衬人物的。到了后来，山水独立成宗，再加以有南宗水墨、北宗金碧的分别，而文人便以为南宗是画的正宗，连北宗也被摒斥在画匠之列。不只是人物佛像花卉，看作别裁异派，甚至也认为是匠人画。自宋元到今天，这种见解，牢不可破，而画的领域，也越来越狭小。不知古代所谓大画家，如所说的"曹衣出水，吴带当风"这些话，都是指画人物而言；所谓"颊上添毫""画龙点睛"这些话，也都是指人物画而言。到后来曹吴之作不可见，而一般画人物的，又苦于没有学问，不敢和山水画争衡，所以一天一天地衰落下去。到了敦煌佛像人像画被发现以后，这一下子才知道古人所注意的最初还是人物，而不是山水；况且又是六代三唐名家高手的作品，这一下子才把人像画的地位提高，人物画的本来价值恢复。因为眼前摆下许多名迹，这才使人们耳目视听为之一新，才不敢轻诋人物画。至少使人物画的地位，和山水画并峙画坛。

　　第二是线条的被重视。"书画同源"这句话，在我国艺坛里是极普遍地流传着。当然绘画的方法，和写字也有相当的差别，如皴擦点染这些方法，在书法上绝对不能相通的，而能相通，恐怕只有山水的画法和人物画的线条画法。皴法当然是要用中锋一笔一笔地写下去，而人物画的线条，尤其是要有刚劲的笔力，一条一条地画下去，如果没有笔力，哪能够胜任？中国有一种白描的画法，即是专门用线条来表现，可惜后来人物画衰落，画家不愿意画人物，匠人们能画人物，又不懂得线条的重要；所以一直到敦煌佛像发现以后，他们那种线条的劲秀绝伦，简直和画家所说的铁笔银钩一般，这又是证明敦煌的画壁，如果不是善书的人，绝对线条不会画得如此的好。而画人像佛像最重要的便是线条，这可以说是离不开的。所以自从佛像恢复从前画坛地位以后，这线条画也就同时复活了。

　　第三是钩染方法的复古。我们中国画学之所以一天一天走下坡路，当然缘故很多，不过"薄"的一个字是一个致命伤。所谓"气韵薄""神态薄"，这些话固然近于抽象，然而我国画家对于勾勒，多半不肯下功夫；对于颜料，也不十分考究，所以越显得退步。我们试看敦煌画壁，不管是哪一个朝代、哪一派作风，他们总是用重颜料，而不用植物性的颜料。他们以为这是垂之久远要经若干千年的东西，所以对于设色绝不草率。并且上色不止一次，必定两三次以上，这才使画的颜料，厚上加厚，美上加美。而他们勾勒的方法，是先在壁上起稿时描一道，到全部画好了，这初时所描线条，已被颜料掩盖看不见，必须再在颜料上描一道，也就是完成工作最后一道描。唐画起首一道描，往往有草率的，第二道描将一切部位改正，但是最后一道描，却都很精妙地将全神点出。且在部位等方面，与第二道描，有时也不免有出入。壁画是集体的制作，在这里看出，高手的作家，经常是作决定性最后一描，有了这种钩染方法，所以才会产生这敦煌崇高的艺术，所以我们画坛也因此学会古代钩染的方法了。

第四是使画坛小巧作风变为伟大。我们古代的画从画壁开始，然后转到卷轴上去。以壁来论，总是寻丈或若干丈的局面，不管所画的是人物是故事，这种场面是够伟大的。到后来因为卷轴画盛行，由屏风障子变而为屏幅中堂。画壁之风衰歇之后，卷轴长的有过丈的，但是高度不过一二尺。屏幅中堂等等也不过三四尺高、一二尺宽而已，因为过于宽大，是不便于携带的。再转而为扇面斗方，那局面只限制到一尺见方的范围。尺度越来越小，画的境界也越来越隘，泱泱大国，恐怕要衰歇绝灭了。我们看了敦煌壁画后，如画的供养人，多半是五六尺的高度；至于经变、地狱变相、出行图等等，局面真是伟大，人物真是繁多；至于《极乐世界图》的楼台花木人物等等，大逾数丈，繁不胜数，真是叹为观止矣。我尝说会作文章的一生必要作几篇大文章，如记国家人物的兴废，或学术上的创见特解，这才可以站得住；画家也必要有几幅伟大的画，才能够在画坛立足。所谓大者，一方面是在面积上讲，一方面却在题材上讲。必定要能在寻丈绢素之上，画出繁复的画，这才见本领，才见魄力。如果没有大的气概、大的心胸，哪里可以画出伟大场面的画？我们得着敦煌画壁的启示，我们一方面敬佩先民精神的伟大，却也要从画坛狭隘局面挽救扩大起来，这才够得上谈画，够得上学画。

第五是把画坛苟简之风变为精密。我国古代的画，不论其为人物山水宫室花木，没有不十分精细的。就拿唐宋人的山水画而论，也是千严万壑，繁复异常，精细无比，不只北宗如此，南宗也是如此。不知道后人怎样闹出文人画的派别，以为写意只要几笔就够了。我们要明白像元代的倪云林，清初的石涛、八大他们，最初也都经过细针密缕的功夫，然后由复杂精细变为简古淡远，只要几笔，便可以把寄托怀抱写出来，然后自成一派，并不是一开始便随便涂上几笔，便以为这就是文人写意的山水。不过自文人画盛行以后，这种苟简的风气，普遍弥漫在画坛里，而把古人精益苦心都埋没了。我们看了敦煌画壁，不只佛像衣褶华饰，处处都极经意，而出行图、经变图那些，人物器具马车的繁盛，如果不用细工夫，哪能体会得出来？看了壁画，才知道古人心思的周密、精神的圆到，而对于艺术的真实，不惜工夫、不惜工本、不厌求详的精密的态度，真值得后人警省。杜工部不是有"五日画一水，十日画一石"的诗句么？画家何以画水画石，要这许多工夫，这就是表示画家矜慎不肯苟且的作风。所以我说有了敦煌壁画的精巧缜密，这才挽救了中国画坛苟简的风气。

第六是画佛菩萨像有精确的认识。我国因后来山水画盛行，画人物画、佛像画都衰落下去，差不多沦于工匠手中。就是能够以画佛名家的，也不过画达摩式的佛像、女相的观世音菩萨而已。至于天释是什么样子，飞天和夜叉这两名词虽然流传人口，到底又是何种样子，可以说全不知道。画坛衰落到这个地步，真是令人气短。但在敦煌画发现以后，这才给我们以佛菩萨及各种飞天夜叉的真像，我们才晓得观世音菩萨在古代是男像、是有胡须的，不只是后来画一绝世美女，便指以为是观世音菩萨。本来菩萨男女相本没有什么可以争执的，因为普门品上曾说过，凡是世人应该用什么形态得度的，观世音菩萨便现何种形态给他讲说佛法。有时现丈夫身，有时现女人身，有时现宰官身，这就是说对于某界人要叫他信佛法，必定要现出那一界人形态服饰语言一切相像，才能接近他们。如果现丈夫身而为女人说法，这些女人们不会骇跑了么？这也像后来外国人要到中国传教，必定学中国方言，说得纯熟，然后再穿长袍马褂，这才可以和中国非知识分子接近，这才可以布道，是一个道理。我因谈自敦煌佛画而得到各种佛菩萨像的精确性，不觉扯了一大堆的话，然而这道理是真实的啊。

第七是女人都变为健美。近代因为中国国势较弱，而画家所画人物，尤其是美人，无论仇十洲、唐六如也好，都走上文弱一条路，多半是病态的林黛玉型的美人。因为中国一般人的看法，女人是要身段苗条、弱不禁风，才足以表现东方优美的典型。这一直相沿下来好几百年，无人起来做一种纠正运动。到了敦煌壁画面世，所有画的女人，无论是近事女、供养人或国夫人、后妃之属，大半是丰腴的、健美的、高大的。我们看北魏所画的清瘦之相，到了唐代便全部人像变成肥大了。也可以证明唐代的昌盛，大家都够营养，美人更有丰富的食品，所以都养得胖胖的。因为画家是写实的，所以就把唐人胖美人写下来。后来玄宗宠爱的杨贵妃，也是著名的丰腴之流，或者唐代风尚如此也未可知。但在画坛里，我们画了林黛玉型的美人，差不多好几百年了，忽然来一个新典型，杨贵妃式的胖美人，当然可以掀动画坛，所以现在写美人的，也都注意到健美这一点了。

第八是有关史实的画走向写实的路。中国古来作画，没有不是写实的。到了写意山水画出世，人物的一切衣服装饰，便多半以意为之。中国在胡人侵入之后，如元代画家，因为讨厌胡人衣服，所以在山水人物画里所表现的，都是汉代衣冠，表示不忘宗国的意思，原来是值得称颂的。但为写实起见、表现时代起见，我们便不能不把当时衣冠装饰、一切实物绘到纸绢上面去，才能表现某一时代的人物；而人物因服装的不同，又可表现他们的身份。我们看敦煌画，初期六朝时期，华夷杂处，窄袖短衣，人多胡服。又唐人多用昆仑奴，故画里富贵人家侍从总有一碧眼大汉，高鼻深目，很像洋人，大概即是昆仑山脉下西域诸国的人。北魏妇女多披大衣，有反领和皮领，又披肩和围巾，式样简直如近代时髦装束。所有近代所用的手杖及推儿车，唐朝也多。如果他们不是写实，我们何以知道古代风俗装束呢？我们今天的绘画，也是要使后来一千几百年后的人，知道我们现在的一切制度装束。所以敦煌画给我们写实的启示，是值得去学的。

第九是写佛画却要超现实来适合本国人的胃口。上面我们不是说过写史实风俗一切是要照当时描写么？至于画佛像画，在敦煌画里，又适得其反。在北魏时期，所画的佛像，还是清瘦的印度人相，这当然是依着印度携来的佛像来画的。但到了唐代，不只佛像完全像中国人，面圆而体胖，鼻低而目秀，连所有楼台宫室一切，都画成中国形式了。我们看《极乐世界图》便可以看得很清楚。这是什么道理呢？我以为有两个原因：第一，因为佛是超世界的、超现实的，所以要用超万有超事物的笔法来画他，才足以表示庄严；第二是佛教到了中国，为使中国人产生崇敬思想而起信，虬髯瘦骨的印度人是中国人所不欢迎的。所以到了唐代，都变成中国人了，这也可以说是应以中国人身得度者，所以显示出中国人的形象。又关于图案，自汉以来，都以超脱的意境来画的。所表现图案上的，完全是站在云端看世界，如飞凤云龙等等，都是超现实，其他民族所意会不到的。到了佛教进入中国，中国图案作风，接着又是一变。这一变可说是由超脱的反归于内省的，从敏慧的进入大彻大悟的境界。线条是动中见静，色彩是闹中有定，题材是广大超逸的。拿近代话来讲，是高贵的，又是大众的，这一变却超乎世界各国图案之上了。这是表明凡画佛教的佛像和附带的图案画等等，不必与现实相似，最要紧是超物观念，合于本国人视听的写法，才是最成功的。

第十是西洋画不足骇倒我国的画坛。在图画的基础上来讲，我想无论古今中外，总有一个共同原则，那就是"物极必反"。这话怎讲呢？那便是最初的画，一定是简单的，后来渐渐的复杂。到了复杂之极，又要趋于简单，但这个简单包含的意味，便不同于第一次的。最初我们总要刻意画得像实物，太像了，我们又把它画成不太像，或者几笔简单的笔意，而控制或代表复杂的景物。前者是写实，后者便是所谓写意。写意写到太过笔简，人们以为不够味，又会回到写实上面去。这就是如春夏秋冬四时的循环，并没有什么高下是非好坏，只是相继相代、去旧务新的办法。但经过若干年以后，也许我们以为极新的，哪知便是极旧的；以为外国人所独创的，哪知道就是中国古代几千年前所有，而后来被暂时扬弃的。

谈到敦煌画壁，还有两点值得特别注意，第一是关于古代某一时代、某种阶级、某一国人所穿的衣冠服饰，敦煌画都是照当时实在样子画的。如于阗国王及其夫人的服饰一切，不是真正看见，哪能写得出呢？又如古代女人面上有画的"醉鸥"花钿，这是近代所无的，不靠敦煌画，我们又哪里可以看见呢？所以我们要知古代服饰器用真正状态的一部分，只有在敦煌画上去找。第二便是对于史传讹误的纠正。中国因年代久远，史籍繁多，不是记载有误，便是抄录多错。如唐大中时归义军节度史张议潮，和五代时归义军节度使曹议金，史载只载大略，且多乖误。但敦煌千佛洞和西安万佛峡里都有有关曹氏的材料，若是搜集起来，写成一篇传记，来正误并补充，这就是壁画可以补正史传的好处。

书画绪论

画展序文三则

天津扇画展序

一别津沽,倏焉半载。杜门侍母,开径将雏。山川间阔,群惊物故之谣;书问殷勤,苦觉人情之美。爰约家兄善孖,同出近作扇面展览。汗雨如注,水云欲流。入君怀袖,聊障元规之尘;似我襟期,漫讶令威之鹤。勖其漏缪,深跂方家。

北平(今北京)扇画展序

大千濯足扶桑,戢影吴下,湔彼尘嚣,泥兹古欢。偶传露滃之谣,致劳石交之问。人情可念,雅意难忘,爰约家兄善孖,同出近作箑面展览,聊代酬答。泼墨能狂,解衣有兴,淋漓满幅,盘礴当风,并世元章,定匡予谬。

成都画展序言

闲散天成,放心多暇,乡间朝暝,山水沉埋。剑阁峥嵘,峨眉横绝,酌风云之奇幻,玩草木之华英。游罢归来,将乞灵于草木,假宠于丹青,以毫毛为逸步,起方寸之嵯峨。古人有言:盼倩生于淑姿，水静明烛，须眉人物，一道飙流所尚，实祖风神。铅黛衣冠，饬容文楚，刻鹄何功，固知绘事以山林为奥区而先迹，神皋九歌，问道矩式，王孙沧浪清声，顾慕子畏，倪吴黄王；元惟四家，思翁嗟咏，并许躐迹。盖意在抚学，又未比蜾蠃与螟蛉。

(注：一九三九年展览)

四十年回顾展自序

先友徐悲鸿最爱予画，每语人曰："张大千，五百年来第一人也。"

予闻之，惶恐而对曰："恶，是何言也！山水石竹，清周绝尘，吾仰吴湖帆。柔而能健，峭而能厚，吾仰溥心畬。明丽软美，吾仰郑午昌。云瀑空灵，吾仰黄君璧。文人余事，率尔寄情，自然高洁，吾仰陈定山、谢玉岑。荷芰梅兰，吾仰郑曼青、王个簃。写景入微，不为境囿，吾仰钱瘦铁。花鸟虫鱼，吾仰于非闇、谢稚柳。人物仕女，吾仰徐燕孙。点染飞动，鸟鸣猿跃，吾仰王梦白、汪慎生。画马则我公与赵望云。若汪亚尘、王济远、吴子深、贺天健、潘天寿、孙雪泥诸君子，莫不各擅胜场。此皆并世平交，而老辈丈人，行则高矣美矣，但有景慕，何敢妄赞一辞焉。五百年来一人，毋乃太过，过则近于谑矣。"

悲鸿笑曰："处世之道，对人自称天下第二，自然无忤。君子执谦，不亦同予之天下第二者非耶？"此一时笑乐，忽忽已是四十余年事，言念及之，可胜感叹！

予画幼承母训，稍长从仲兄善孖学人马故实，先姊琼枝为写生花鸟。年十七，出峡渡海，学染织于日本西京，绘事遂辍。二十岁归国，居上海，受业于衡阳曾夫子农髯，临川李夫子梅庵，学三代两汉金石文字，六朝三唐碑刻。两师作书之余，间喜作画。梅师酷好八大山人，喜为花竹松石，又以篆法为佛像。髯师则好石涛，为山水松梅。每以画法通之书法，诏门人子弟。予乃效八大为墨荷，效石涛为山水，写当前景物，两师嗟许，谓可乱真。又以石涛、渐江皆往来于黄山者数十年，所写诸胜，并得兹山性情，因命予往游。三度裹粮，得穷松石之奇诡，烟云之幻变，延誉作展于成都重庆。

已而，西出嘉峪，礼佛敦煌，纵观壁画，始知人物画法，绝响于世。乃屏去一切。临摹传写，居石室者二年，得画百数十幅，大者寻丈，小亦四五尺。又撰成石室记，详记洞窟小大，画派源流，考订时代。迨至成都，张岳军先生时主川政，约同教育部为予展览于成都重庆，观者叹诧我国艺术之伟岸雄奇，千载上已旷绝人寰也。

胜利后，重入故都，得董源《江堤晚景》大幅、董源《潇湘图》卷、巨然《江山晚兴》卷，日夕冥搜，画风丕变，阿好者又以董巨复兴诩予矣。

民国三十八年（一九四九年）冬，予亦流离海外，留于印度阿坚达窟三月，研讨与敦煌壁画异同，颇为有得。又遍游欧洲南北美，卜宅巴西。予年六十，忽撄目疾，视茫茫矣，不复能刻意为工，所作都为减笔破墨。世以为创新，目之抽象，予何尝新。破墨法固我国之传统，特人久不用耳。老子云："得其寰中，超以象外。"此境良不易到，恍兮惚兮，其中有象，其庶几乎！

达祥西先生，十年老友也，在巴黎时数助予展出。比复为予作七十岁至三十岁四十年回顾展于金山砥昂博物馆，都五十余幅，历时两年，始征集得之。将于今冬展列，赏爱之深，感何可言。唯悲鸿长逝，不及见之为憾事耳！达君目次编成，嘱予略书作画经过，以为之序。拉杂书之，不文为愧。

　　　　　　　　　　　　一九七二年，岁在壬子夏四月，张大千爰

谢玉岑遗稿序

庚辰（一九四〇年）之秋，王君曼士自海上远书抵蜀，谓玉岑遗稿将付剞劂，不可无言以序之。数月来紫绪万端，而下笔呜咽，辄不能成一语。今当岁暮，伤逝念旧，情不能已。予与曼士与玉岑交好，乃过骨肉生死之间，岂仅缟纻之情！

玉岑之殁在乙亥（一九三五年）三月十八日，时予客门网师园。其日午夜，先太夫人闻园中双鹤频唳，惊风动竹，若有物过其处，意必玉岑魂魄来相过我。后数月，予有北游，车中梦与玉岑遇荒园中，坐棠梨树下，相与咏黄水仙华诗。时寒风飒飒，玉岑畏缩意颇不乐。予问所苦，逡巡不答。数年来时相梦见，梦见谈笑如平生欢，岂知有幽明之隔！

方予识玉岑，俱当妙年，海上比居，瞻对言笑，唯苦日短。爱予画若性命，每过斋头徘徊流连，吟咏终日。玉岑诗词，清逸绝尘，行云流水，不足尽态。悼亡后，务为苦语，长调短阕，寒骨凄神，岂期未足四十，遽尔不永其年乎！当其卧病兰陵，予居吴门，每间日一往，往必为之画，玉岑犹以为未足。数年来予南北东西，山行渐远，读古人作日多，使玉岑今日见予画，又不知以为何如？

故人一去，倏忽六年，必有新声，离绝人间。意其鸾佩相逢，鹿车云路，当不复为凄神寒骨之辞。自远蜀中，不复一垂梦，巫峡惊波，青天蜀道，玉岑其怵于太白歌诗，以为果不可飞度乎！今者又将西出嘉峪，展佛敦煌，便当假宠山灵，润色画笔，安得起九原为我歌吟！

人间天上，守兹同心。

大千张爰
一九四一年春于成都

《大风堂书画录》序

　　大千髫年,当北堂之暇日,初识六法。及长,南北遨游,山林泉石,法书宝绘,魂梦沉埋,数十年间,所得先迹,莫可详记。往者寄居吴下,大半庋藏于此。寇陷江南,尽付劫遗。斯卷所列,俱随予存旧京。戊寅(一九三八年)之夏,间关还蜀,予冒锋镝,历险阻,寄递辗转,始得附于行迈,吁其幸矣!离乱之际,生死之顷,躬之不恤,况此区区阮乎!所谓一生能着几两屐,正情之所钟,在我辈耳。然与浮生聚散,宁有定所?则此患难之所共者,又不知得相保于何时?因命门人子侄辈,记其尺寸、题咏,次为目录,聊以志平生好慕,一时会合云尔。

癸未(一九四三年)十二月
大千张爰成都桂王桥借居

《大风堂名迹》序

夫艺事之极，故与道通，衡鉴之微，惟以神遇。盖抉造化之玄奥，觇运会之降升，非学有所承，智周无外，何足以雕镂万象，扬榷千古也哉！

余幼饫内训，冠侍通人，刻意丹青，穷源篆籀。临川、衡阳二师所传，石涛、渐江诸贤之作，上窥董巨，旁猎倪黄，莫不心摹手追，思通冥合。

薄负时誉，遂事壮游。举凡名山大川，幽岩绝壑，南北二京，东西两海，笠屐所至，舟舆所经，又无不接其胜流，睹其名迹。闻见既博，品藻斯严，宝墨偶遭，私意必获。性命托倚，魂梦萦缠，虽负巨逋，不易夙嗜。异萧翼之赚，类海狱之痴，结习难捐，弥自哂也。

其后，瞻摩画壁，西陟敦煌，蹑穷边，担簦净域。三唐六代之菁英，我佛诸天之神变，微风初拂，祛袂欲飞，智光徐昭，璎珞犹莹。晨抚暝写，裂肤堕指之余，秘发幽呈，敛魄荡精以赴。叹嗟妙笔，瀹浚灵襟，益洞然于风会之迁流，宗尚之同异。法书宝绘，看纷纶之满前，秦镜温犀，乃照烛之无隐。一触纸墨，便别宋元，间抚签贉，即区真赝。意之所向，因以目随，神之所驱，宁以迹论。斯盖料简之极诣，非诞夸之□言。

世尝推吾画，为五百年所无。抑知吾之精鉴，足使墨林推诚，清标却步，仪周敛手，虚斋降心，五百年间，又岂有第二人哉！独惜岩穴勤搜，球图等宝，其郑重编排，庋于吴门者，既毁于丁丑之交，而展转流徙，藏于蜀郡者，又劫于己丑之变。兵燹余生，浮槎海外，恐遂亡失，泯我国魂，爰发行箧所携，益以旅途所获，自唐讫清，精加别择，为家卅七，为帧卅八，付之子墨，留影人间。以视旧藏，百未逮一。掇拾流播，拟大海之一沤，补苴张皇，问河清其何日。世变无极，来者难诬，瀛表方闻，幸鉴教焉。

                                      一九五四年甲午九月
                            蜀人张爰大千时客三巴之摩诘城

《大风堂名迹》再版序

甲午（一九五四年）秋，余避地三巴之摩诘城，旅居多闲，举行箧残存，精鉴别择，编为四帙，付诸影印，分赠同好。岁月不居，忽忽已二十余年，时有求者，已无以应。王必成兄知余所藏，皆历朝精品，旧本既已无存，愿为重印，余亦欣然从其请。

顾余于艺事，视若性命，遇有昔贤名迹，必得之而后快，囊中金不足，则贷诸友朋，往往手挥巨金，瓶无余粟，家人交怨不之顾也。用是天府遗珍，世家故物，集吾寒斋，雄视宇内，尤以挹彼菁华，助我丹青，将以娱老，足慰平生。岂期运逢阳九，历经丧乱，荆璧碎于吴门，隋珠散于蜀郡，羁旅所存，才不百一，未随劫烬灰飞，已是云烟过眼。存此影本，志吾墨缘。

一九七八年戊午三月
八十叟爰摩耶精舍

张目寒《雪庵随笔》序

　　吾弟目寒，天资峻介，爽迈自得。性嗜书画，而不耐于临摹；随兴为文，又不乐于雕饰；盖涉笔成趣，聊以自适而已。比年以来，播迁海上，散值之暇，不废读书。时或造述，皆有关乎艺事，虽云小道，亦多可观。顷得若干篇，共成一帙，远邮寄至，属予一言。

　　予既喜弟之好事，而益感于吾兄弟之契阔。忆昔年与弟侍二兄善孖于姑苏网师园时，晤言一室，往往竟夕，论书画，论文字，论古今艺苑贤俊，遇兴会处，二兄必掀髯而喜。今弟既穷愁岛隅，予复飘寄异域，而二兄丘垄万里，归祭无日，能无怆痛？呜呼！吾生有涯，世变难知，留一卷书于人间，不犹胜微尘散太空耶。迫于行旅，为识数言。

　　　　　　　　一九五六年丙申春三月，张爰大千时客日本江户

张岳军先生印治石涛通景屏风序

民国庚午（一九三〇年）壬申（一九三二年）之际，予居上海，华阳张岳军兄适为市长，相见甚欢。二人同嗜石涛八大书画，每有所得，辄相夸示。岳军得石涛写杜诗册、楷书道德经及八大写东坡朝云轴，颇以自矜。予得石涛写陶诗册、真书千字大人颂，宝掌和尚书像，八大画山水人物册，意欲胜之。盖石涛八大并以山水花卉著称，人物独少见。予此二册，一卷一轴，以为绝无仅有者也。尔时好事争奇，以此为笑乐。最后岳军得石涛所绘通景屏风十二幅，先师李文洁公题为天下第一大涤子者，生平所见实以此为最，予乃折服。

岁月易得，今忽忽已二十余年矣。二十余年国家多故，予散迹四方，西出玉门，南居身独，近复投荒南美，环历全球数次，然所见所得二公书画，并未有逾此者。岳军则奠镇西陲，总揽中枢，近更历艰辛，支持宝岛，朝夕勤劳，与国同休戚。逻食之暇，留心文物，亦未得更有精于此十二幅者。此二十余年中，每一相见，仍剧谈所闻所见。然世变太多，欢情渐薄，霜鬓渐侵。予今年六十，岳军亦晋七十，予二人浸寻老矣。台北友人谋所以寿岳军者，岳军以值时艰，且太夫人尚居成都，未能迎养，不欲称寿，而欲以其宝藏，平时不轻示人之石涛十二幅，影印赠诸友好，嘱予序其原起。予以岳军之不自私秘，可谓玩物而不溺于物者。岳军之功业，自有史评，固不必与文人艺士争搜尺幅寸缣之短长。

文章书画，自当寿同金石，不宜秘诸笥箱。自寿寿人，公诸天下，即此可见仁人治世之用心。且物聚于所好，有所聚必当看所散。予数十年之收藏，海内外友人谬许以为精富，然兵燹劫余，柴米见易，今居荒村，更于何有。三年前曾印仅存者数册，其用意正与岳军同。今数册所载,亦多散失。暇时偶复展视,未尝不念石涛八大。每念石涛、八大,未尝不念岳军。今友人之得岳军此册者,交深金石,永以为好,不较诸听腹词、饮苦醪者为高耶?

予前年有诗句云:"总觉明时宜可待,近知短发不胜梳。"意者岳军□夷艰难,将违高□,拥大纛。……予将携幼絜箧,挂帆东指,茶酒追陪,鼓掌剧谈,亦如在上海时,更将广搜石涛八大,另印寿册,以为之寿。

一九五八年岁次戊戌七月,张爰大千父

《长江万里图》跋
——贺张岳军先生八十寿辰

  一九六八年岁戊申五月朔，岳军老长兄八十寿辰，海内外朋旧谋有以为嵩祝者。以爰与公有乡关同姓之好，相知垂四十年，乃征拙笔，爰不敢辞。东坡诗云："我家江水初发源，宦游直送江入海。"因即其意，拂拭绢素，穷十日之力，而成此"长江万里图"，答诸君子之请而进公一觞也。……阻山带河，自始宦以至佐兹危局，江源所经，孕育岷峨，中横吴楚，开陈瓯越。今中原父老，引领旌旗，……爰亦正束装挈眷，远帆而东，不使江灵笑人。

           一九六八年五月，大千弟张爰顿首再拜

《吴子深先生画谱》跋

四十年以来，海上艺林，莫不艳称三吴一冯，盖谓毗陵冯超然、石门吴待秋、吴郡吴子深、吴湖帆四先生也。超然擅长人物仕女山水，兼综湘碧耕烟。待秋专攻麓台。湖帆宗尚思翁，上追痴迂。而子深先生则致力思翁、湘碧，溯源董巨，龙擅竹石，迈越仲昭衡山，其得意处，直逼鸥波父子。予所见先生所作古木竹石，无不下拜，叹为明清五六百年间无与抗手者。丧乱以来，流居海峤，孤愤填膺，未由宣泄，一一寄意于此君。间写兰蕙，古称喜气画兰，怒气画竹，先生何怒复何喜耶？但寓其家国之恨耳。慨东坡之直节，痛所南之无根，吁！可悲矣。

超然、待秋、湖帆携手泉壤，惟先生巍然寿考，如鲁殿灵光。从学者众，苦难一一指授。爰采王安节芥子园侧，耗历岁月，写成兰竹树石四卷，笔墨运用先后之宜，位置疏密之要，窠石枯槎，孤枝片叶，以至成章，莫不详尽，当永为后进楷式，沾润无极。嘱吾弟目寒自台北远寄示予，拜览之余，欢喜赞叹。谨为题此，奈目疾未瘳，学殖荒落，拙陋无文，书不成字，殊深悚愧。

一九七一年十二月二十三日，教弟大千张爰

《马木轩（寿华）先生书画集》序

壬辰（一九五二年）之春，始识木轩先生于台阳，两人皆癖嗜丹青，相见辄与论究六法，月旦古今，渐成莫逆。内子雯波敬爱先生双钩兰竹，倾服之不已，因于一九六八年自巴西返台之际，执贽登门修弟子礼，艺坛名宿观礼者至百余人，传为胜事。惜其根钝，数岁无成，然犹日孜孜，期于有以不负先生之训导也。

先生书法出入羲、献父子，旁及唐、宋以来诸大家，临池涵泳既深，兼取众长而自具风格焉。所为山水，上宗董、巨，竟境超迈。墨竹并擅文、苏、李、夏之妙，尝以一枝独秀图蜚誉宙合。间写兰、蕙，神夺孟坚、孟頫兄弟，不落明人一笔。至于指画，尤冠绝古今，即令高其佩、朱伦瀚复生，亦当揖其奇妙而拜其神变也！予尝乞曾君绍杰治"指挥如意"四字赠之，以示尊崇，非私誉也！

先生艺术著述最富，价重鸡林，声昭鲸海，非偶然也。先生早岁习律，服官法曹历有年所，甚著美绩。而家学渊源，沉潜书画，锲而不舍者数十年，名山大川之助文章道德之尊，宜其成就之宏有如是者。

今岁四月初吉，先生杖朝大庆，朋辈谋刊其书画，以为后进楷模。先生艺坛祭酒，齿爵俱尊，想见华堂衣冠之盛。愚夫妇远羁异域，弗克躬预称觞，念二十年沉瀣之交，不可无一言以为先生寿。爰缀数语并诸画册之嵩，聊申遥祝，先生不以其退笔无文为可哂耶！

一九七二年岁壬子夏孟
蜀郡后学友弟张爱顿首拜祝

陈芷町画展引言

吾尝谓，清末为吾国艺坛一大转折点，一洗旧染，变而愈上。以一般之厌弃殿体书，故北碑汉隶风行一时。先师清道人以家国之感，故于书提倡北碑篆隶外，于画又极力提倡明末诸遗老之作。同时画家，亦多欲突出四王吴恽范围，故石涛石谿八大之画大行于时。时清鼎改革，故宫名迹，得公之于众；而南北藏家，又多不自秘，借以西法影印流布，故学者得恣其临摹赏会，于是自明末而上溯宋元明初，乃必然之趋势。宗风不变，进而益上，此吾国画坛晚近所以特开异彩，非清人所可望也。而尽竹之精妙，则以吾友芷町为第一。

自文人画盛行，而宋元以来凡工诗工画者，弄笔余闲，虽不能悉其力于繁复之山水，然兴之所至，每好作梅兰松石，以写其奇逸之气，此自东坡湖州以来，名迹俱在，艺苑所共见者也。惟画竹自明文徵明以后，不师古法，习于野战，故有清一代画竹家数虽多，皆无足观。近时朋辈，以书家而兼画竹者，吾得二人焉；湖州沈氏，于画无所不摹，精能之至，妙入能品，于髯所称为种班出身者也，偶以余沈写竹，笔致方雅，然未能专精于此，成名一家。番禺叶氏，书法劲肆，雅近明贤，致力画竹有年，尝自评其竹为不落清人门限，其用笔有古拙之致，而灵气激荡处尚少，似未足以方芷町也。

芷町故赣之名下士，夙精词翰，善饮工书。书出入北海南宫，劲拔挺秀，独出冠时。以其秀挺之笔，进而画竹，自明初夏仲昭，元之吴仲圭柯九思，上窥文湖州赵吴与，以久居南北两京，所见名迹至伙，退食之暇，即事临摹，精进不懈，垂二十年，天人交至，故其所作，风枝露叶云气满纸，非并时之彦，所可望其项背也。近复致力梅兰松石，皆清超绝俗，以俪其行，乃觉相得益彰也。

吾尝谓，艺事必资于为人，故古代忠臣侠士名儒词伯，虽素非名家，偶弄笔为书画，辄有至味超诣。君为人刚鲠倜爽，急人之急，其所蕴如是，兼以点染有素，故当其酒后醉墨淋漓，弥见其劲节拂天，肝肺槎枒之吐向纸上也。比出其近作精品展览，余与君廿载交期，深知君致力斯道之勤，顾以身居海外，不能欣赏评题于素壁之下，用述所知，以质宝岛之爱好艺术者。

环碧庵聊可亭序

癸丑（一九七三年）之冬，大千居士将建苗茨于环荜庵西偏小丘上，以为卧月看梅之所。老妻力阻，予漫应之："聊复尔耳！"对曰："古人六十不造屋，今君七十有五矣，犹增此非必不可少之亭子，可以已乎！"予闻而大笑曰："正苦无嘉名以名此亭，坡翁诗有云：'此亭聊可喜'，亭成，当以'聊可'榜之，更书尔我笑言于亭柱，不亦韵事乎？"妻乃喟然而叹："吁嗟老奴，遽尔厮赖！"

《叶遐庵（恭绰）先生书画集》序

遐庵先生归道山倐忽逾岁矣，殁不能哭其门，葬不能临其穴，中心哀疚，无时或已。

先生长予十九龄，于以丈人行尊之，民国十七年（一九二八年）教育部筹划全国第一次美术展，予与先生同任审查事，予之得交先生自此始。惟先生于予画素所激赏，因谓予曰："人物画一脉自吴道玄、李公麟后已成绝响，仇实父失之软媚，陈老莲失之诡谲，有清三百年，更无一人焉。"力劝予弃山水花竹专精人物，振此颓风，厥后西去流沙，寝馈于莫高、榆林两石室者，近三年，临抚魏、隋、唐、宋壁画，几三百帧，皆先生启之也。

先生与予同寓吴门网师园，共数晨夕者近四年。已而先生购得汪氏废圃，葺为履道园，仍无三日不相过从。见必评论古人名迹山水名区，以为笑乐。一日先生忽欲作画，即就予案头扫竹一枝，予大惊，诧以李蓟丘、柯丹丘复起，于是日益精研，求者坌集。先生殊自矜贵，不轻应人，而予所得独多，俱藏于吴蜀两地，未能携出。先生极赏予长短句，以为得坡翁神韵。予对以未尝研读坡翁乐府，何得而似之耶？先生笑曰："果尔则山川之气所钟耳！"先生继谭复堂为广箧中词，且以拙制滥厕其中，先生之奖掖后进如此。

先生尝欲买木渎严园为先仲兄善孖与予读书绘画之所，后以寇犯我国，避地星散，事乃不果。而予兄弟知己之感，永铭肺肝矣，先生之笃于风谊又如此。

予少略不检束，颇好博戏，江紫尘丈于上海孟德兰路兰里，创诗钟博戏之社，当时老辈如散原、太夷、呋庵皆常在局中，予虽腹俭，亦无日不往，无日不负也。先曾祖旧藏王右军《曹娥碑》，唐人前后题名，前为崔护、崔实、冯审、韦皋四人，后为杨汉公、王仲纮、薛包三人，而王书久佚，项子京成亲王先后所藏并有详跋。江丈索观，携共赏焉。当夜入局大负，金尽，向江丈贷二百金，才数局，又负尽，又数贷数负，瞬逾千金矣。江大笑曰："此卷其归我乎？"再益二百金可耳，以是径归江丈。而予以轻弃先人遗物，中心悔恨，从此绝迹赌肆。

阅十年，先太夫人病居皖南郎溪家兄文修之农圃，予与仲兄仍居吴门，每周轮次往侍汤药，太夫人病势日笃，忽呼予至榻前，垂询祖传之《曹娥碑》，唐人前后题名，何久不见之，殊欲展阅。予惶恐极，不敢以实告，诡称仍在苏寓。太夫人谓次周必须携来小慰病情，予亟唯唯。此卷闻江丈早已售出，辗转不知落于何所，中心如焚，将何复老母之命。迨归网师园先生与王秋斋即来省问。予当以病笃告，又以此最痛心事，并将此卷经过历历述之，倘此卷尚可求获，将不惜重金赎之，即送郎溪，使老母得慰。先生即自指其鼻曰："这个么，在区区那里。"予喜极而泣，即拉秋湄于屋隅而求之曰："誉虎先生非能鬻文物者，予有三点乞与商求之。一、如能割让，请以原值赎。二、如不忍割爱，则以敝藏书画恣其检选，不计件数以易之。三、如两俱不可，则乞暂借两周，经呈老母病榻一观，而后归璧。"秋斋即以予意转告先生，先生曰："乌，是何言也！予一生爱好古人名迹，从不巧取豪夺，玩物而不丧其志。此事大千先德遗物，而太夫人又在病笃之中，欲一快睹，予愿以原璧返大千，即以为赠，更勿论值与以物易也。此卷不存履道园，弃之上海，明日往取，三日内即有以报命。"予与仲兄闻之，感激泪下，趋前叩首谢，太夫人弥留之夕，幸得呈阅，予罪孽深矣！先生风慨，不特今人所无，求之古人亦所未闻也。

先生履道园有高梧五株，一日予盘桓其下，忽睹南侧一株，上结灵芝一朵，其大如掌，走告先生，贺以为瑞。先生命人取之，刓檀座为案头清供。

胜利后先生以他故，履道园亦弃置之，南居香港。此芝携在行箧，检以见赠，图其状于头，并附诗跋。跋语有云："墙花拂面，唯吾乐天知之耳。"先生与予交亲之深，于此可见也。

先生宇宙蟠胸，经纶视掌，当著诸史策，予但记其高风古道，文章余事，缅想平生，曷胜黄垆之痛！公超辑先生遗作，梓之寿世，其痛而不忍言者，当百倍于予，吁！可悲也。

一九七五年三月，张大千爰

毕加索晚期创作展序言

毕加索为泰西现代画大师,予少时已耳其名;而把晤论交,则在一九五六年丙申之夏。

是年,予先后分展个人近作与敦煌壁画摹本于巴黎卢浮、东方两博物馆,事前遄赴罗马,观摩文艺复兴之杰达·芬奇、拉斐尔、米开朗基罗之壁画、雕塑,于西方传统艺术实地研考,先作了解。深感艺术为人类共通语言,表现方式或殊,而讲求意境、功力、技巧则一。

毕氏之作,见于画肆者,与传统西画有异,而其思想内容,实亦基于西方。早期所倡立体主义,乃循塞尚之立论从事理性创作,而吸取黑人雕刻之犷野,突破写实之约束,不过强化其表现而已。其后,立体主义已为欧西现代艺术之里程碑,其影响于后进而导致新风者,固无伦矣,而毕氏颇不以此自矜,日以新构想以试新创作,一变再变,乃至千变万化,曾无稍懈。

予之访毕氏也,初乃钦其创作之潜力,亦示敬老尊贤之意。及至晤叙,观其满室图书,与夫博采艺术原始资料,始惊其学有本源,非率尔命笔也。相与论及东西方艺术时,渠持所习中国画百数十叶出,皆花卉鸟虫,一望而知为拟齐白石先生风貌,笔力沉劲有拙趣,而墨色浓淡难分。予告以中国毛笔刚柔互济,含水量丰,善运之可墨分五色。继而略述中国画重写意不求形似之旨。渠颇诺予说,慨然叹曰:"西方白人实无艺术!纵观寰宇。第一,唯中国人有艺术;次为日本,而其艺术亦源于中国;再次为非洲黑人。予多年来惑而不解者:何竟有偌许多中国人乃至东方人远来巴黎学习艺术?舍本逐末,而不自知,诚憾事也!"毕氏豪迈率真,所言发诸肺腑,闻之令人感奋!自是而后,互绘近作,互通函札,并应其索,赠以毛笔一束，彼此堪称投契。

六年后，予于巴黎大观园餐厅，见其所绘"草上刀螂"，画风虽仍沿白石老人，然寥寥数笔，已尽得中国绘画之神韵。论者每重毕氏之创造，而其创造之本源，实为深厚之造诣与功力。故其晚岁之作，线画之顿挫，与空间之处理，非西方画家所能跻及也。

台湾历史博物馆近展毕氏晚期创作八十帧，为吾华开国以来介绍西方画家真迹之创举，以予与毕氏曾相交往，倩为序，辞不获已，因略抒所感如上。

一九七五年岁次乙卯，张爰大千

《清湘老人书画编年》序言

余自经丧乱以来，颇留心石涛和尚纪年之作。顾平生收藏，多已散失，行箧所蓄殊少。乃广征公私家所有，搜求既勤，所得渐多，然后鉴别编次，历时亦有五载，虽因衰病稽迟，亦所以慎之也。其间年代有不联属处，以未见作品题识，暂付阙如。石公生平史料不足，是编之辑，毋庸诠释，而石公行迹与画风演变，展卷便知，其大略是不立文字而自具别裁也。

或谓石公为画苑之杰，由于顿悟，余独谓法华境界，实由渐悟而方跻。余昔藏石公为其友吴逸云画山水题云："作书作画，无论先辈后学，皆以气胜。得之者精神灿烂，出之纸上。意懒则浅薄无神，不成书画。善收藏者，勿求纸之短长粗细。古人片纸只字，价重拱璧，求之不易，然则其临笔亦不易也。故有真精神，真命脉，一时发现，直透纸背，此皆是以大手眼，用大气力，摧锋陷刃，不可禁当，遂令百世后晶莹不灭，即如文天祥先生所谓：'风檐展书读，古道照颜色'也。"观石公自道甘苦如此，得非渐悟之效耶？

余又见石公与其友哲公书云："此数幅皆写宋元人笔意，不提出则更有趣，此得非英雄欺人哉？然正是宋元人为我役，非我为宋元人役也。"故石公画论云："好古敏求，则变化出矣。"余尝语门弟子七分人事三分天。三分天资，人人得而有之，七分人事，人人能之而未必能。今因石公之由渐而得妙果，重申吾意，以告吾后生，亦苦口甘言也。

一九七七年丁巳二月，张爰大千父

明末四僧画展序

　　明末四僧画，高情逸韵，皆成一家法，寻其源流，并出于黄子久。然亦有别，渐江入笔即黄。石谿、石涛、八大，则由董玄宰而上窥子久者。渐江居黄山久，喜画奇松怪石，笔墨简贵，世人遂以为近倪迂，实则黄多于倪也。石谿苍茫沉厚，或以为出于黄鹤山樵，殊不知玄宰空灵，石谿变之以沉郁，不期与山樵比迹，若必谓其出于山樵，则形相之论也。石涛笔法、墨法，并承玄宰，特不落畦径，游心象外，不为人识破耳。余藏石涛寄画与友人书云：此数幅皆写宋元人笔意，不提出则更有趣，以知其如何驱使宋元人而不为宋元人役也。至于八大从玄宰以窥子久，三百年来无有人知者，余始发此复，世人尚不敢信。后余得其仿玄宰画册，且录玄宰原题，益证老眼之不谬，是知八大亦未尝自讳也。

　　今历史博物馆多方征集展出四僧名迹，且影印成册，请序于余，仅就四僧源流述之如此。盖以平生体会，凡一艺之成，无论其师古或师造化，必有其渊源，如长江大河，若失源头，则湫浍尔。

一九七八年戊午元月

王一亭（震）先生书画集序言

孟子云：颂其诗，读其书，不知其人可乎？不可也；诗画相通，读其画，不知其人可乎？亦不可也。古今妙作，从于心者也。外境炫心，心感于物而动，两相神会，蕴为意象，于是发之笔墨，纵情挥洒，化为新境，斯乃锻炼澡雪而呈之艺术创作也。然千古以来，知音难求，了解作品固非易易，求读画以知其人者，尤属寥寥。此伯牙所以绝弦，宋玉所以伤白雪也。

予弱冠旅春申，从学于曾农髯、李梅庵两夫子，获识海上文艺名家。时有豫园书画善会者，募集名流书画以周济贫困。每值展览，必见元气淋漓、刚健洒脱之巨幛，撼人心目，皆出吴兴一亭王震先生手笔，心仪无已。嗣随先兄善孖与会，得亲謦欬，乃深悉其为人而益重之！

先生器宇闳阔，坦诚豪迈，性好佛而隐于商，以普济群生为己任。海上之有孤儿院、残废院、平民习艺工厂，固为先生首创，而国内公益慈善诸会，亦得先生之筹募以奠其基。民初水旱兵燹灾厄频频，凡有筹议，必慷慨解囊以先倡。即以民国十二年（一九二三年）日本关东大地震言，先生亦力为奔走，募集物费，运往救济，活人无算。彼邦朝野感德，尊之为"王菩萨"而不名。民国二十年（一九三一年）左右，国府聘为赈务委员会常委，中央救灾准备金保管会委员长，而上海国际救济会及慎善团体联合会又推为会长等职，终日遑遑，惟救人济世是务，虽囊橐无余，亦怡然自乐。

辛亥前，先生基于爱国热忱，与黄克强、陈英士、于右任、戴季陶、张溥泉诸公交往甚密，支助惟恐不力，致遭清廷之忌，上海法租界乃悬"不许黄兴、王震进入租界"禁令。清既屋，先生志愿已遂，寄情书画，不涉政事。然"五九""五三"国耻，以至"九一八""一·二八"事变，先生则率先参与爱国救国行动，从不后人。抗战之初，日军攻上海，谋借先生之物望，出而维持。先生则毅然挈眷走香港，守其清操，至死不辱。

昔吴缶老谓先生"外虽扰扰，内则寂寂。暇即作画，布置结构，似不甚思索而天然高雅，央然于缣素间"。又谓"其书画用笔雄厚，醇茂之处，更寓虚灵，天池复堂不是过也。每至兴酣落笔，瑟瑟有声，若惊风之扫落叶，转瞬即成。作巨幛尤能见其磅礴气概，书亦如之，只似颜柳虚实兼到"。论衡精确，予之所见所感，亦复如是。先生民胞物与，复耽禅悦，胸襟阔达，而志节高迈，落笔放达不羁，始能纵送由心，全其气势也。

今一亭先生逝世，忽忽四十年矣，每于遗作中缅怀风貌，辄追念不能自已。适旅日杨隆生君出其所藏先生作品百帧，展览于台湾历史博物馆，并精印成集，以飨同好。因举所知，述其崖略，俾世之睹先生画者，可知先生之人。则幸甚矣！是为序。

　　　　　　　　　　　一九七九年第二己未重九
　　　　　　　　　　　张大千序于台北摩耶精舍

跋《张善孖先生百龄纪念画集》

先仲兄善孖，少遭阳九之会，志切光复，虽历经□屯，而节概弥坚。中年萧然世外，回翔艺苑，海内真赏，推为巨子。丁丑国难军兴，兄以翰墨激励国人，奔走中外。竟以劳瘁，殁于陪都。岁月不居，忽忽四十余年。辛酉岁值兄百龄诞辰，海上友好，集兄作品，展览于孙中山纪念馆中山画廊。爰适衰病不能与，未克身与其事。今复影印行世，垂诸不朽，是皆荷诸公之赐。感激之余，尤不胜友于之思！

一九八二年壬戌上元后二日，大千张爰

《徐宾远墨竹集》序言

老友陈芷町以画竹名世,得其薪传者,惟徐宾远而已。宾远以巾帼英才,沐家庭之教,发艺术之真。其写竹也,风枝露叶,刚健婀娜,含英浴德,真味在不言之中。神思之来,濡墨挥毫,有如风雨骤至,其笔力之运,曲折自由,心与天游。今兹英年,造诣已臻其胜,竿头日进,变化更复何量。艺欲通神,以请益之虚怀,参折中之妙谛,诚钟灵不限于须眉也。属为序言,书此勉之。

一九八二年壬戌九月既望于台北摩耶精舍

绘事语要

画说

　　有人以为画画是很艰难的，又说要生来有绘画的天分，我觉得不然。我以为只要自己有兴趣，找到一条正路，又肯用功，自然而然就会成功的。从前的人说"三分人事七分天"，这句话我却极端反对。我以为应该反过来说"七分人事三分天"才对，就是说任你天分如何好，不用功是不行的。世上所谓神童，大概到了成年以后就默默无闻了。这是什么缘故呢？只因大家一捧，加之父母一宠，便忘乎其形，自以为了不起，从此再不用功。不进则退，乃是自然趋势，你叫他如何得成功呢？在我个人的意思，要画画首先要从勾摹古人的名迹入手，把线条练习好了，写字也是一样，要先习双勾，跟着便学习写生，写生首先要了解物理，观察物态，体会物情，必须要一写再写，写到没有错误为止。

　　在我的想象中，作画根本无中西之分，初学时如此，到最后达到最高境界也是如此。虽然可能有点不同的地方，那是地域的、风俗习惯的，以及工具的不同，在画面上才有了分别。

　　还有，用色的观点，西画是色与光不可分开来用的，色来衬光，光来显色，为表达物体的深度与立体，更用阴影来衬托。中国画是光与色分开来用的，需要用光时就用光，不需用时便撇了不用，至于阴阳向背全靠线条的起伏转折来表现，而水墨和写意，又为我国独特的画法，不画阴影。中国古代的艺术家，早认为阴影有碍画画的美，所以中国画的传统，除以线条的起伏转折表现阴阳向背，又以色来衬托。这也好像近代的人像艺术摄影中的高白调，没有阴影，但也自然有立体与美的感觉，理论是一样的。近代西画趋向抽象，马蒂斯、毕加索都说自己是受了中国的影响而改变的。我亲见毕氏用毛笔水墨练习的中国画有五册之多，每册三四十页，且承他赠了一幅所画的西班牙牧神。所以我说中国画与西洋画不应有太大的距离。一个人能将西画的长处融化到中国画里面来，看起来完全是国画的神韵，不留丝毫西画的外貌，这除了天分而外，主要靠非常艰苦的用功，才能有此成就。

　　中国画常常被不了解画的人批评说，没有透视。其实中国画何尝没有透视？它的透视是从四方上下各方面着取的，现在抽象画不过得其一斑。如古人所说的下面几句话，就是十足的透视抽象的理论。他说"远山无皴"。远山为何无皴呢？因为人的目力不能达到，就等于摄影过远，空气间有一种雾层，自然看不见山上的脉络，当然用不着皴了。"远水无波"，江河远远望去，哪里还看得见波纹呢？"远人无目"也是一样的，距离远了，五官当然辨不清楚了，这是自然的道理。所谓透视，就是自然，不是死板板的。从前没有发明摄影，但是中国画里早已发明这些极合摄影的原理。何以见得呢？譬如画远的景物，色调一定是浅的，同时也是轻轻淡淡、模模糊糊的，这就是用来表现远的；如果画近景，楼台殿阁，就一定画得清清楚楚，色调深浓，一看就如到了跟前一样。石涛还有一种独特的技能，他有时反过来将近景画得模糊而虚，将远景画得清楚而实。这等于摄影机的焦点，对在远处，更像我们眼睛注视远方，近处就显得不清楚了。这是"最高"现代科学的物理透视，他能用在画上，而又能表现出来，真是了不起的。所以中国画的抽象，既合物理，而又要包含着美的因素。讲到以美为基点，表现的时候就该利用不同的角度，画家可以从每种角度，或从流动地位的眼光下，产生灵感，几方面的角度下，集成美的构图。这种理论，现代的人或已能够明白，但古人中就有不懂得这个道理的。宋人沈存中就批评李成所画的楼阁都是掀屋角。怎样叫掀屋角呢？他说从上向下的角度看起来，看屋顶就不会看到屋檐，李成的画，既具屋脊又见斗拱，颇不合理。粗粗看来，这个道理好像是对的，仔细一想就知道不对了，因为画既以美为主点，李成用鸟瞰的方法，俯看到屋脊，并且以飞动的角度仰而看到屋檐斗拱，就一刹那间的印象，将脑中所留屋脊与屋檐的美感并合为一，于是就画出来了，况且中国建筑，屋脊的美和斗拱的美都是绝艺，非兼用俯仰的透视不能传其全貌。

画家自身便认为是上帝,有创造万物的特权本领。画中要它下雨就可以下雨,要出太阳就可以出太阳;造化在我手里,不为万物所驱使;这里缺少一个山峰,便加上一个山峰;那里该删去一堆乱石,就删去一堆乱石;心中有个神仙境界,就可以画出一个神仙境界。这就是科学家所谓的改造自然,也就是古人所说的"笔补造化天无功"。总之,画家可以在画中创造另一个天地,要如何去画,就如何去画,有时要表现现实,有时也不能太顾现实,这种取舍,全凭自己思想。何以如此,简略地说,画一种东西,不应当求太像,也不应当故意求不像。求它像,当然不如摄影;如求它不像,那又何必画它呢。所以一定要在像和不像之间,得到超物的天趣,方算是艺术。正是古人所谓遗貌取神,又等于说我笔底下所创造的新天地,叫识者一看自然会辨认得出来;我看到真美的就画下来,不美的就抛弃了它。谈到真美,当然不单指物的形态,是要悟到物的神韵。这可引证王摩诘的两句话:"画中有诗,诗中有画。""画是无声的诗,诗是有声的画",怎样能达到这个境界呢?就是说要意在笔先,心灵一触,就能跟着笔墨表露在纸上。所以说"形成于未画之先","神留于既画之后"。近代有极多物事,为古代所没有,并非都不能入画,只要用你的灵感与思想,不变更原理而得其神态,画得含有古意而又不落俗套,这就算艺术了。

作画要怎样才得精通?总括来讲,首重在勾勒,次则写生,其次才是写意。不论画花卉、翎毛、山水、人物,总要了解理、情、态三事。先要着手临摹,观审名作,不论今古,眼观手临,切忌偏爱;人各有所长,都应该采取,但每人笔触天生有不同的地方,故不可专学一人,又不可单就自己的笔路去追求,要凭理智聪慧来摄取名作的精神,又要能转变它。老师教学生也应当如此,告诉他绘画的方法,由他自去追讨,不可让他固守师法,然后立意创作,这样才可以成为独立的画格。所以唐宋人所传的作品,不要题款,给人一看就可知道这是某人的作品,看他片楮寸縑就可以代表他个人啊!

古人所谓读万卷书行万里路,这是什么意思呢?因为见闻广博,要从实地观察得来,不只单靠书本,两者要相辅而行的。名山大川,熟于心中,胸中有了丘壑,下笔自然有所依据。要经历得多才有所获，山水如此，其他花卉人物禽畜都是一样。

游历不但是绘画资料的源泉，并且可以窥探宇宙万物的全貌，养成广阔的心胸，所以行万里路是必须的。

一个成功的画家，画的技能已达到化境，也就没有固定的画法能够拘束他、限制他。所谓"俯拾万物"，"从心所欲"，画得熟练了，何必墨守成规呢！但初学的人，仍以循规蹈矩、按部就班为是。古人画人物，多数以渔樵耕读为对象，这是象征士大夫归隐后的清高生活。梅兰菊竹，各有身份，代表与者受者的风骨性格，又是花卉画法的祖宗。现在就我个人学画的经验略写几点在下面与大家研究：

一、临抚——勾勒线条来求规矩法度。

二、写生——了解物理，观察物态，体会物情。

三、立意——人物、故事、山水、花卉，虽小景要有大寄托。

四、创境——自出新意，力去陈腐。

五、求雅——读书养性，摆脱尘俗。

六、求骨气，去废笔。

七、布局为次，气韵为先。

八、遗貌取神，不背原理。

九、笔放心闲，不得矜才使气。

十、揣摩前人要能脱胎换骨，不可因袭盗窃。

十一、传情记事——如写蔡琰归汉、杨妃病齿、溢浦秋风等图。

十二、大结构——如穆天子传、屈子离骚、唐文皇便桥会盟、郭汾阳单骑见虏等图。

论临摹

　　临摹功夫，对于增长学力，非常重要。摹写既熟，然后对着画临摹，对临摹有了心得，然后背着画去临。能在看过名画以后，凭着记忆，背着它画出来，笔墨位置，都能得到十之八九。能有这样的功力，然后融合古人所长，参入自己所得，写出胸中意境，那才算达到成功境界。如果只是闭门造车，那就未必出门合辙啊！我们生在现代，真是幸运。从前的画家，要想看到一张名画，那是何等的艰难！藏在内府及王公名宦家里的自然不允许随便看到，就是流传在民间的，也因交通不便，往往闻声相思，托诸梦想，有一生一世不能够得偿夙愿的。现在交通既便，世界名区，都有博物馆陈列，任人参观，并可向他们借来摄影。我国故宫博物院，最近且影印名画三百种拿来供给世人临摹鉴赏，真便于学人不少。摆在面前，有这许多参考品，等于给我们开了一条大路。我们应该有条件的，融合古人所长，创造自己作品，超过古人，不是不可能的啊！

画梅

画梅，老干如铁，枝柯樛曲，才能描写出它那耐寒喜洁的性格。画枝时须先留好花的位置，如果用水墨，那就拿粗笔淡墨，草草勾出花的大形轮廓，然后细笔轻勾，在有意无意之间，才见生动。如果着色，就先用细线条勾成花瓣，拿淡花青四围晕它，不用着粉，自然突出纸上，兼有水光月色的妙处，若用胭脂点戳，那就不必用花青烘托。画梅第一是勾瓣，第二是花须，第三是花蕊，第四是花蒂，这里面尤其是点蒂，要算最难，正好像顾长康所说的："传神写照，正在阿堵中也。"画花瓣要圆，所谓圆不是说匀整好像数珠一般，是要蓓蕾繁花，都要有生长的意态，通通完备有欣欣向荣的样子。花须要整齐，所谓整齐，不是说排比如插针似的，不过表它是不乱的意思。点蕊要跟随花须长短，错错落落，这才有风致。点蒂要在瓣与瓣的中间，那种含苞未吐，尤要包固，才合物的情态，如果胡乱点去，既不合理，更不能叫人观赏。点时更当加意，花朵有前后左右，向背阴阳，各种不同的姿态，每朵在点蒂时候要显出生在枝上。老干上不可以着花，因为无姿态的缘故啊。着色花芯用淡草绿，花如填粉，那就用三绿，花须用重白粉，花蕊用粉黄点，略用赭石一两点表示其开放已久了。花蒂用深草绿或二绿，亦可用浓胭脂，如红梅那就必须用胭脂了。为显示干的苍老，所以不能不点苔藓鳞皴，表示它经过雪压霜欺，久历岁寒，但是它的贞固精神，是超卓绝特的。点时光用焦墨秃颖，依着它的背点去，一定要点圆点，若点尖长形，那就不是树上的苔，而是地面的草了，更不可作横点，如山水中树上所点。待等墨干后，用淡墨加点一次，比较有生动的气味，不然那就枯而燥了。如是着色的，那就用草绿加在焦墨上面，或头二绿也可以，不是全部盖满，偶尔留几点焦墨在上面，也自生动自然。

画兰

　　兰花幽香清远，它的香气能够暗暗地袭人衣袂。生于深林绝谷，并不因为没有人欣赏，而不散发它的芬芳，所以称作幽兰。那种一干一朵花者，叫作兰，几朵花者叫作蕙。画时应该用"清"字做要点。如能做到清字境界，便是纸上生香了。

　　画兰，撇叶最难，起首二三笔还容易安排，等到要成一丛，那就是大大的难事，稍一点不小心，那就好似茅草乱蓬一般了。

　　画兰拿一花做主体，拿三几撇叶子陪衬它，但每撇叶子都要有临风吹着的风致，这才算最好的。如要画成一丛一丛的，那就应当画蕙，因为叶子多不易生出姿态，那就要在花枝上面特别注意，要使它枝枝好似要去舞蹈似的。

　　兰用水墨画算最清高，若要用颜色，拿花青撇叶，拿嫩绿敷花，花芯稍白，那上面略加上胭脂点或赭石也可，花梗就在嫩叶绿中渗少少的赭石也觉有精神。花瓣可以用汁绿在画后双钩，叶子就只勾中线，使它向背显出来就可以了。如用水墨那就不宜用勾勒。水墨撇叶在落笔时就要有转折，花宜于淡，叶宜于浓，花瓣不可取巧，故意表示花的阴影，这一下子倒被俗见所拖累了。

画菊

画菊先画花瓣，明了花朵的组织，花瓣与形成整个花朵的关系。盛开或半开及含苞，都是借花朵不同的形状来表现的，花头正侧俯仰，花瓣也要随着方向而展开，每瓣都要攒心连蒂。菊是凌寒傲霜的，绝无俯仰随人的姿态，能把它的标格写出，始称能事。熟习花形生发方法，再画牡丹、芍药等，那就轻而易举了。画花瓣要从外面先画大瓣，用淡墨一层，再用较深的墨画一层。全花画好，用淡赭石烘染它；等干后，用浓墨点花蕊。如果画复瓣，就不必点蕊。画菊梗用笔要有顿挫曲折，又要含有挺健的意思。等到花梗画成，就拿水墨浓淡的笔点叶，但最要疏密得宜，用笔好似卷云，间或一点飞白。等墨干透，再就那上面加以淡淡花青或汁绿，间加一两笔淡赭，颜色溢出墨叶是不要紧的。勾叶筋可用浓墨，勾时成小字或尖形，不必拘泥，只要看叶的大小疏密，随意加减就行了。菊的叶尖是带圆形的，与一般的花叶，俱带尖形者，是不同的。菊花种类甚繁，花形各个不同，菊叶也就不一样，画时一定要有分别。写意的，那就不妨从略；若工笔，则必须加意。从前有人画百菊图，花是每种各具一形，而叶俱是一种，这是一个大错误。写意用单瓣为合宜。复瓣只好用在工笔画上面。

花卉

　　研习花卉，首先要参考一部旧时的书，叫《广群芳谱》。全书只是文字，没有一张图画，但把各种花卉的形态和特性，说得非常清楚。知道花形容易，知道花的性情就困难，所以这本书是画花卉应备为参考的要籍。花卉有木本、草本两种，这要先弄清楚。花卉当然要推宋人为第一，画的花卉境界最高，他们的双钩功夫，不是后人所赶得上的。到了元人才擅长写意（宋末偶亦有之）；到明清，渐至潦草，物理、物情、物态，三点都失掉了，独有八大山人崛起，超凡入圣，能掩盖前代古人。花卉不是每一种都能够入画，也须选择；画家也不是每一个擅长各种花的，能深深地明了几种花木的特性，已经是不容易的事了。体会物理，看某一种花，要由苗萌抽芽，发叶吐花，这些过程中，给我们的印象，能一一传出。更严格地说，要能从发叶子的时候，一看就可以辨出花开出来的颜色，要这样才能算得深入里层，算是花的知己，称得画师了。能够栽种的或能插于瓶盎的，应该搜罗一些，放在身边，使我们能够朝夕相处而观察它们，从而为它们写生。冶姿娇态，和生长的意味，都要完足。用笔要活泼，活泼并不是草率，是要活力和自然。墨色务要明朗，不可模糊不清。选古人的名迹，吸收他们的精粹，这样不会不成功的。花干也有一点必须注意的，它是整个花的主体，木本要画得挺拔而且秀发，又不可以太过僵直，草本要有柔脆婀娜的姿态。

没骨花卉

　　为什么叫作没骨法，就是不用墨笔勾勒，只用颜色来点戳，这就叫作没骨。这画法创始于北宋徐崇嗣，花卉是以清妍艳丽为主，完全拿颜色来表现，是较为容易的。这法传到清初，要算恽南田第一，清妍艳丽四个字，可以说是阐发无馀了。画花瓣尽可全用颜色，也不妨先用水墨点戳，然后略施浅色，觉得更有精神些。白阳、石涛是常用这方法的，荷花颇适合于没骨。先用浅红色组成花形，再用嫩黄画瓣内的莲蓬，跟着即添荷叶及荷干，叶是先用大笔蘸淡花青扫出大体，等色干后，再用汁绿层层渲染，在筋络的空间，要留一道水线，荷干在画中最为重要，等于房子的梁柱，画时从上而下，好像写大篆一般。要顿挫而有势，有亭亭玉立的风致。如果画大幅，干太长了，不可能一笔画下，那么下边的一段，就由下冲上，墨之干湿正巧相接，了无痕迹。干上打点，要上下相错，左右揖让，笔点落时，略向上踢。花瓣用较深的胭脂，再渲染一两次，再勾细线条，一曲一直，相间成纹；花须用粉黄或赭石都可。这是看画的重心所在。加上几笔水草，正如书法所说的"宽处能走马，密处不通风"也。

工笔牡丹

　　牡丹华贵浓艳，所以尊为花中之王，称为国色天香。画工笔花卉要拿牡丹来代表。牡丹种类特别多，但是我生平所爱好而最喜欢画的是照殿红、泼墨紫、佛头青三种。画这种画，须要下些功夫，不是草率而成的，因为用矿物质的颜色研磨与下胶，都比较麻烦。胶不可太轻，轻就容易脱落，也不可太重，重就容易板滞。今天用，今天下胶，用后就要加水，把胶退去，若不退胶，经宿青绿就失去本色。西洋红有现成含胶的，否则也须自己加胶，用手指细研才合适。画的时候先拿细笔淡墨勾好花瓣，第二才把枝叶分布，穿插须要配合花形。花瓣用较淡洋红，一瓣一瓣染匀净，等干了仍用淡洋红再加上，然后用深洋红留水线一道，又一瓣一瓣加三四次，那么颜色就会高凸纸上好像剪绒一般。用重洋红勾边，最后更用泥金加勾一次，自然华贵秾艳。花蕊用粉黄点戳，如果全开的花，花芯用石绿来画成粟子的状态，尖上用胭脂略略勾染，花蕊仍用粉黄或泥金亦可。枝叶未用石绿时，须先用赭石打底，上过石绿，等干了以后，用汁绿勾准轮廓，正面叶用汁绿渲染也须两三次，最后一次，筋旁也当留水线，中间加上石青，向两旁晕开，渐渐淡到没有。叶背和嫩叶，那就全用二绿或三绿。叶的反背，各用花青和汁绿勾勒，能够再用金勾一次更觉得醒眼。佛头青枝和叶的画法，和上相同，所分别的只是花头不用洋红，而用石青。石青以三青为宜，平填不分深浅，花瓣反面，就用四青，边缘必须勾花青和泥金，不然就没有神。泼墨紫用花青打底一次，用浅洋红平盖一次，然后用深洋红留水线，跟着填三次，就可以了。瓣勾用深洋红，最后加勾泥金，枝叶着色，和前面法子相同。

写竹

　　古人画竹称作写竹，因为画竹是等于写字一样，用笔要完全合乎书法。书法第一要诀，一定练好永字，因为永字已包括侧勒、努、趯、策、掠、啄、磔八种方法。这些方法都通用于写竹。竹枝更须用篆书的方法，画竹叶也要写成个字，和介字、川字形状，但必须要用一两笔来破开。古人所说的"逢个不个，逢介不介，逢川不川"就是这个道理。画竹应该先写竹干，从上写下，像字一样，没有由下写上的道理。每一竹节为一段，起笔略重，一拓直下，驻笔向左略略一踢就收，一节一节地画下去，梢头稍短，渐下渐长，到近根的地方，又慢慢地短下来。待画完时，然后出枝画叶，在离开的竹节空处，用浓墨写一横道，用笔要从逆势进去然后翻出来，两头放起，叫作点节。干要上下粗细差不多，切忌两头大，中间细，叫作蜂腰鹤膝，是不可以的。讲到顺势，直的竹干必从上到下，这是顺笔，如果竹干倒在右边，是应该从下而上，或从外向内呢？我以为要是竹干偏倒在右边，就要从下或里向外画了。这完全是要看情形，顺着笔势的关系。最后就画竹叶。竹叶必须生动，决不可将竹安排得如图案一样，尤忌部位一样，必定要非常自然。竹法有双勾写意两种，双勾那就是用细线条勾成轮廓，然后再填色，这是工笔画竹，必要充分了解竹的生长状态和结构，一笔不得苟且，这种可以叫作画竹。写意的竹，也要分层次，近的竹在前，要用浓墨；远的竹在后，要用淡墨，这才能够分得出前后、明暗的层次，增加韵味。可是有一点要记着，每一根竹是用浓墨就全部用浓墨，用淡墨就全部用淡墨，绝不要在一笔上弄巧，兼有浓淡二色，反为不美。竹有风竹、雨竹、晴竹、老竹、新竹、新篁的分别。风竹是要表现竹在风中的姿态，枝叶要随着风向，作斜横飘动的状态，最不易表现者，为竹干要能够在风中有弹性动态的感觉。雨竹的枝叶稍下垂，有湿重的意思。老竹是竹粗叶少，新篁乃是干细枝柔，叶叶向上。还有在竹节每节上出枝及芽的问题，往往为人忽略，根据实状，每一竹节在左发枝，一定在右发芽，第二节则一定变为在右发枝，在左发芽。作画虽小地方也要注意，如作诗词，要字斟句酌。石涛写竹，昔人称其好为野战，但是他的生动有风致，那种纵横态度实在赶不上。但是我们不可以去学。画理严明，应该推崇元朝李息斋，他算第一人，从他入门，一定是正宗大路，现在我略略举他的方法在后面。

画竹所忌的是"冲天撞地""偏重偏轻""对节排竿""鼓架胜眼""前枝后叶"。枝叶要在刚劲快利中求柔软谐和，柔软谐和里而要有刚强的骨力，在柔婉姿媚里找求刚强中正；分开断开的地方，要有相连相属的意思。

墨竹要墨色匀停，下笔平直，两边好似有界限的，自然就会圆正。如果画得臃肿，又偏又邪，墨色又不匀，一些粗，一些细，一些枯，一些浓，及节空或长或短，断断不可犯着这些毛病。

画枝各有名目，生叶的地方叫作丁香头，相合处叫作雀爪，直枝叫作钗股，从外面画入的叫作垛叠，从里面画出的叫作迸跳。下笔一定要有遒健、圆劲、生动的意态，一直连绵下去不断，行笔要快要速，不可迟缓。老枝那就挺然而起来，节大但是枯瘦；嫩枝那就和柔而婉顺，节小但是肥滑；叶多那就枝垂下来，叶少那就枝昂起来；风枝雨枝也是因为每类情态的不同，而随时变化，不可以拘泥于一个方式。

画叶下笔要劲利，实按而虚起，一抹便过，稍微迟留，那就钝厚不会铦利了。这是写竹最难的一关，亏了这步功夫，那要不能算是墨竹了。在画竹方法有所不宜，而应忌的，学者应当知道，粗枝忌像桃干，细的忌像柳枝，第一忌一竿孤立而生，第二忌两竿并排而立，第三忌好似义形，第四忌好像井字，第五忌好似手指和像蜻蜓一样。所有竹的反、正、向、背、转、侧、低、昂，雨打风翻都各有它的姿态，但要细心去领会，然后画出，才能尽善尽美。

山水

所谓山水，就是西画及摄影的风景。国画中山水的境界最为重要，然而也要笔墨来辅助。有了境界，但是没有笔墨，或者有了笔墨，但是没有境界，也就不成为名画。它那结构和位置，必须特别加意，如画寺观，这些地方就不宜像人家的庐舍，好像和讲风水一样。这个说法，要多看古人名迹，以及名山大川、名胜古迹，自然会了解的。假如画了一张画，其中主要安置人家处，却恰恰似一块坟地。这样的画，挂在中堂上面，试问别人看了，舒服不舒服呢？还能引人入胜吗？郭河阳论画，要可以观，可以游，可以居。他所谓可以观的，是令人一看这张画，就发生兴趣，要一看再看，流连不舍。第二步就想去游玩游玩。第三步就联想到，这样的好地方，怎样能够搬家去住才好呢！这样的山水才算够条件了。有些人说中国山水画，是平面的，画树都好像是从中间锯开来的，这话绝不正确。中国画自唐宋而后，有文人画一派，不免偏重在笔墨方面，在画理方面，比较失于疏忽。如果把唐宋大家名迹来细细地观审，那画理的严明，春夏秋冬，阴晴雨雪，简直是体会无遗，董源画树，八面出枝，山石简直有夕阳照着的样子。关仝画丛树，有枝无干，岂是平面的吗？画山水一定要实际，多看名山大川，奇峰峭壁，危峦平坡，烟岚云霭，飞瀑奔流，宇宙大观，千变万化，不是亲眼看过，凭着意想，是上不了笔尖的。眼中看过，胸中自然会有，一摇笔间，自然会一齐跑在你手腕下。画山最重皴法，古人有种种名称，只不过就其所见的山水而体会出来的。应该用那一种皴法传出，那所见的形状如何，遂名叫作某某皴，并非勉强，非用此皴法不可。如北苑用披麻皴，因为江南的山，土多过石，又因为要画得林木蓊郁，自宜于用这皴法。若范华原画北方的山川，太行王屋，石多过土，地也高亢，草苔也稀少，自然宜于用泥里拔钉、雨打墙头、鬼面这些皴法。设使二公的皴法，互相变换，又成何面目？所以我的意思，山水皴法不必拘泥，只要看适于某一种，就用某一种皴法。古人皴法，略举数种，荷叶皴、大小斧劈皴、披麻皴、雨打墙头皴、泥里拔钉皴、云头皴、折带皴、鬼面皴、牛毛皴、马牙皴、卷云皴、矾块皴，此皆常用者。

工笔山水

　　工笔画，就是细笔画，水墨、浅绛、青绿、金碧、界画，都包括在内。工笔不比写意，必须先打成底稿，贴在壁上，观察删改，远近高低，布置得宜，然后把这个稿本，用柳炭在反面一条线一条线地勾过，拍上纸绢。那里面的楼阁人物，尤其要特别注意，楼阁要折算停匀，人物要眉目生动，衣袂好似要会飘动，画时先用淡墨勾出轮廓，然后皴擦渲染。画树要点夹相参，浅绛中着一二青绿夹叶，或红树一株，更觉得有趣。夹叶树的树身，不可着色，愈觉显然。青绿就要打好勾勒底子，不用皴擦。山石用石绿的，拿赭石打底，加石绿二三次，要薄一点才好，太浓就钝滞了。若用石青，就在赭石上面填石绿一次，再加二三遍石青就可以了。不可用花青汁绿打底，因为这两种都不明透。金碧那就在青绿完成后，用花青就山石轮廓勾勒，然后再用泥金逐勾一次，石脚亦可用泥金衬它，青绿或金碧山水，水天都宜于着色，水更宜有波纹，古人画水有好多种，那里面是以网巾鱼鳞两种为适合。古人说"远水无波"是远了看不清楚的意思，所以勾踢水纹，越远越淡，淡到了无为妙。画水在岸边留一道白线，看起来就特别精神。画要有气韵，一落板滞，就不入鉴赏。此中要点，不仅要把画面的宾主虚实、前后远近弄清楚，而是在用笔用色用水的灵活生动，石青、石绿、泥金的下胶，尤须切切注意。

写意山水

写意两个字，依我看来，写是用笔，意是造境，不是狂涂乱抹的。也不是所谓文人遣兴，在书房用笔头写写的意思。作画自然是书卷气为重，但是根基还是最要紧的。若不从临摹和写生入手，那么用笔结构都不了解，岂不大大错误。所以非下一番死功夫不可。临摹古人，要学他用笔用墨，懂得他苦心构思。写生要认识万物的情态，画时先用粗笔淡墨，勾出心里面要吐出来的境界。山石、树木、屋宇、桥梁，布置大约定了，然后用焦墨渴笔，先分树木和山石，最后安置屋宇人物，勾勒皴擦既完毕，再拿水墨一次一次地渲染，必定要能显出阴阳、向背、高低、远近。近处石头稍浓，远处要轻清。创境有曲折不尽的意味，其中的人物用减笔为宜，越简单越妙。古人说"远人无目"，若在须要有照应的时候，也不妨点目，不必拘泥。近树根枝要分明，远则点戳，不必见枝。写意画创自元代四家，到了明末清初四高僧，石谿、渐江、石涛、八大，神明变化，一直掩盖过了前人，渐江戍削，八大朴茂，拿用笔表现他的特点，石谿、石涛是特别拿意境来显出他的特点，至于石涛尤其是了不起，他自己题他所画黄山说："予得黄山之性情，不必指定其处也。"又说："出门眼中所见即写之，此是写生。"又说："拈秃笔用淡墨半干者，向纸上直笔空钩，如虫食叶，再用焦墨重上，看阴阳点染，写树亦然，用笔以锥得透为妙。"这简简单单几句话，简直透露了画家不传的秘密。

浅绛山水

浅绛山水，大多数用在秋景，这是创始于黄大痴，后来南宗一派把它作为标准，用色拿赭石做主体，在林木上面略略施点花青就是了。浅绛不是单用来表示秋景，大凡石质的山，都宜采用这方法，如画黄山，是最宜于此法的。中国画，光和色是分开来用的，要拿颜色做主体的地方，便用色来表现，不必顾及光的一方面。所以只说浅绛两个字，便可表现山的季节了。浅绛画的画法，画时仍和墨笔山水一样，先用淡墨画就大体，再用较深的墨加以皴擦，分开层次，等它干了之后设色。在景物上，由淡到深渲染数次，等到全干，再用焦墨渴笔，加以皴擦勾勒。树木苔点，拿淡花青或汁绿一处一处地晕出来，当向阳的地方，用赭石染醒它，这是最紧要的。屋宇上色拿淡墨或淡花青代表瓦屋，拿赭石来代表土屋和草屋。

雪景

　　雪景是不容易画的，我也不善于画这种画。雪景色调既单纯，山石树木又须处处见笔，烘天和留白更是困难。一般山水，天空和水面都是空白，雪景必要将水天用淡墨烘染，不如此不能显出雪的情景，染淡墨的时候，天和水在绢上，可用排笔，但曲折凹凸处仍须用笔去细填，在生纸上，那就更难了，既不可能使用排笔，用笔烘染也有浸渍的痕迹。有人先将生纸喷湿，然后渲染，叫作潮染，墨色虽匀，看来总是死板板的，这是画家的大忌，反不如干染比较妙，虽不免有点浸渍的痕迹，到底比死板板的好得多了。我的意见，若要画雪景，简直用绢和熟纸，才足以表现得出。雪景应该拿唐宋人的画作范本。唐人画不可以见得到，宋人画还有存在的，可以资我们的参考。宋徽宗的《雪江归棹卷》，那真是好老师。雪景画除了拿水墨留空白以外，山头树亦可以用粉。寺观栏再用点朱砂，那在寒色凄迷里面，忽有和暖的气氛，方才到了妙境。雪景画不限定在冬景，唐朝的杨昇有峒关蒲雪，宋代的赵幹有江行初雪，都是写的秋景，用青绿打底，山头施粉，中间略微点一点朱砂小树。至于写初春的霁雪，古人就更多了。

物理、物情、物态

　　作画要明白物理,体会物情,观察物态,这才算到了微妙的境界。譬如画山,要了解南北气候的不同,土质的各异,于是所生的树木,也就迥然不同。因此种种关系,山石的形成,树木的出枝发叶,一切一切,各自成就它的姿态。如画花卉,有向阳者,有喜阴的,向阳的必定要有挺拔的姿势,喜阴的必定要有荏弱的意态。挺拔与荏弱,它的姿态自然不同,由理生情,由情生态,由态传情,这是自然的道理。现在举个画梅花的例子来讲,林和靖的名句:"疏影横斜水清浅,暗香浮动月黄昏。"这"横斜"二字,"浮动"二字,便是梅花的理。杨铁崖的"万花敢向雪中出,一树独先天下春。"这便是梅花的情。高季迪的"雪满山中高士卧,月明林下美人来。"便是梅花的态了。所以无论画什么,总不出理、情、态三个原则。画人物要识得穷通寿夭;画仕女要识得幽娴贞静,妖娆艳冶;画山水要识得南北节物;画翎毛更要注意到种类的不同,情态一定也不同。飞鸣食宿,各极其状,东坡诗云:"君从何处看,得此无人态。"更是体贴入微了。

纸墨

墨对画的表现，纸对墨的承受，纸与墨对于画，关系太重要了。如果所用的墨不好，所用的纸不知其性格，天大的本事，也不能得心应手的。石涛说过："纸生墨漏，亦画家之一厄也。"拿石涛天马行空的天才，还有这种叹声，可见纸墨关系太大了。写意画要用生纸，因为生纸能发墨。工笔画要用熟纸，熟纸不渗，生纸易渗。古时候的熟纸，是本质坚洁，画上去不板滞。现在的熟纸，是用胶矾水来拖的，既不受墨，又且涩笔，如果是画工笔，绢是比较合用。

纸的种类很多，唐宋以来，纸质大都坚挺，洁白，最能受墨。后来有麻纸，看来稍粗，但仍是很坚实，画写意画是最相宜的。到明朝才有宣纸，是宣州泾县所造，或谓是明宣宗发明的，所以又叫作宣德纸。它的质料是用檀树皮做的，宜书宜画，传到近世，檀树皮也用尽了，大半用稻草代替，看来雪白洁净，用起来真不如意。所以我们喜欢用旧纸，并不是纸放旧了就好画，实在是因为古人做事，不肯偷工减料，它的本质自然就好。四川的竹纸很好用，受笔发墨，但不能经久。贵州都匀的皮纸，能耐久，墨色却不甚好。日本纸颇有可用的，墨色有浮光，又是美中不足。绫绢质料和纸不同，性质也就不一样，绫子不上胶矾，可画写意画，绢必须胶矾后才可用，生绢极不受墨，写意工笔，两种都不相宜。

墨是油烟最合宜，松烟只是黝黑，并且没有光彩，不宜于作画，偶然用它来渲染发、鬓、髭、须也可。山水花卉，没有用它的地方。墨是要陈才好，和纸一样，因古人不专为牟利，捣烟很细，下胶轻重合适，近日粗制滥造，下胶又重又浊，并且用洋烟，甚至有用烟囱煤烟的，所以越发不能用了。欲找好烟，要光绪十五年（一八九九年）前所制的，乾隆御制更好，因为宫中多有明墨，因风碎裂，加胶重新制造，所以又黑又光亮，用起来真可以墨分五彩。古人曾说"轻胶十万杵"这句话，做墨的要点，尽于这五个字里面了。

用笔与水法

古人曾说过："得笔法易，得墨法难；得墨法易，得水法难。"笔法还可拿方式做准则，墨法就要在蘸墨在纸上的时候去体会的，所以说比较笔法更难。至于用水，更难拿方式规定出来，所以算最难的。笔法的要点，是要平、要直、要重、要圆、要转、要拙、要秀、要润，违反这些要点，那都是不妙。用笔拿中锋做主干，侧锋帮助它。中锋把体势建立起来。侧锋来增加它的意趣。中锋要质直，侧锋要姿媚。勾勒必定用中锋，皴擦那就用侧锋，点戳用中锋，渲染是中锋侧锋都要，湿笔要重而秀，渴笔要苍而润，用笔要明润而重厚，不可灰黯而模糊，砚池要时时洗涤，不可留宿墨。宿墨胶散，色泽暗败，又多渣滓，无论人物、山水、花卉都不相宜。至于水法，无法解说得清楚，在自己心领神会而已。因笔端含水的多少，施在纸绢上各自不同，绢的胶矾轻重，纸质的松紧，性质不同，水量自然不同，水要明透，又不可轻薄，所以是最难的了。

翎毛

　　画翎毛，第一要明白鸟的雌雄。禽与兽都是雄性最美，少数的才是雌雄的羽毛一样，但是雌的总比雄的小一些。若是画一只，也要看得出是雌是雄，因为鸟的翅膀，超左超右，雌雄是相反的。这便是东坡先生所说的形理。画一种东西，必须要了解其理、其形（形即是态）、其情。鸟要画得灵活。如何才能画得灵活呢？一种鸟有一种姿态，燕子与鸽子是不站在树枝上的。鹤与鹭是拳一足而睡的，倘若只了解鹤与鹭，拿它的姿态，来画其他的鸟，岂不是笑话。乌鸦与喜鹊，动态是决不相同的，若将黑皮袍脱下来穿在喜鹊身上，就说它是乌鸦，那是绝对不可以的。所以必须微妙地观察种种动态：啼晴、调音、踏枝、欲升、将飞、欲坠、欲下、反争、飞翔、欲啄。以上各种姿态，胸中都明白了，画时自然会得心应手。画鸟先画嘴，次画眼，次画头额，然后将全身轮廓扫出。翅尾须倒画，这是最重要的。若是顺画，下笔时墨必重，与背上之毛绝不能够衔接，倒画则收笔轻而墨渴，自然而然天衣无缝了。其次，爪在平地须要踏得稳，在枝上须要抓得住。此种笔墨宋人画得最好，宋徽宗尤能体会入微，其点鸟睛，使用生漆，隐然比纸绢高出一些，奕奕有神。宋人邓椿写《画继》一书，载有如下几句话："宣和殿前植荔枝，既结实，喜动天颜，偶孔雀在其下，亟召画院众史，令图之。各极其思，华彩烂然，但孔雀欲升藤墩先举右脚，上曰：未也。众史愕然莫测，后数日再呼问之，不知所对，则降旨曰：孔雀升高，必先举左脚，众史骇服。"在这里可以看见古人了解物理、物情、物态的深刻。翎毛无论工笔写意，必须润泽，若不润泽，便是标本。再者，鸟类当它们栖宿或飞翔时，头必迎风，如背着风，那么羽毛必定掀起来。每到黄昏，众鸟集于树林，那一夜如果有东风，头必向东；

若是西风,头必向西。风还未起,鸟能有前知的本领,就能有这样的感觉,所谓"物能知机",这又不可以不注意的。

绘事语要·翎毛

工笔翎毛

写意的画，是拿神与意做主体。工笔那就要形、意同时并重，当然更要注意到神。画翎毛真是要将羽毛一根一根地画得清楚，但是这样画是最容易流于匠气的，或是竟成为标本画。

我国国画最重者为用笔用墨，若要不入工匠气，须在笔墨上留心，至于色泽当然也是重要的。

宋徽宗画鸟，用生漆点睛，看来像活的一样，这就是传神妙笔。鸟的脚爪也要特别留意，不但站树枝要有势有力，脚上的纹和爪，都足以表现画的精神，必要一丝不苟地画出。

花鸟以宋朝为最好，因为徽宗自身就画到绝顶，兼之大为提倡，人才辈出。宋人对于物理、物情、物态观察得极细微，现在我再举几件可以作为师资的名画，是故宫博物院的。

黄居寀《山鹧棘雀图》、崔白《山雀野兔图》、李安忠《浴沙鹌鹑图》、宋人无款《杏竹聚禽图》（当是崔白所制）、宋人无款《芦汀双鸭图》（疑为徽宗之笔），又长春散出徽宗《金英秋禽图》，以上都是神品。

画鱼

　　画鱼要能表现出在水中悠游的样子，若画出水、鱼那就失去物性的天然。画时不必染水而自有水中的意态，才算是体会入微。古人如五代的袁峨，宋的刘采、范安人都以画鱼著名，却都是工笔。当然是艺术高深，无可訾议的。但是我最佩服的还是八大山人，他画鱼的方法，能用极简单的构图与用笔，就能充分地表现出来，真有与鱼同化的妙处。山人艺术的成就，必然是经过多少时间的观察和揣摩，才能由繁而简，却又表现无余。试看他画的嘴、眼、腮、鬐、脊、翅、尾、腹，哪一点不体贴入微，而鱼的种类不同，动态也不同，山人所画无不曲尽其妙。我们应该永远拿他做老师，但不是说要照样临摹，是要学他的用心，若是依样葫芦，便为画奴了。

　　画鱼有时要配搭岩石、花草，来增加画面的美点和曲折，总是以简洁为主，也不宜设色，水墨的反觉得淡雅有致。

动物

画动物，必须要懂得生理的解剖，然后才观察它的皮毛筋肉。不懂得解剖，画起来就会错误百出了。了解解剖，就再去写生，这是第一要义。若不写生，但凭师授或只是临摹那是很难成功的。开元时韩幹画马，明皇叫他以陈闳做老师，幹不接受诏旨，奏道：天闲（下）万马才是臣的老师。这便是说明他要实地观察写生的意思。北宋的易元吉以画花竹禽兽著称，尤其擅长画獐猿，不特自己养有珍禽异兽，而且不畏艰险隐身林莽观察鸟兽动态，得它的自然。

先仲兄善孖，他爱虎因而豢虎画虎。他平生养过两只老虎，一只是在四川，时间养得比较长久，后来因为牛肉不易买，老虎又不吃素，不得已饲以猪肉，养到三年多那个老虎就生痰死了；寓居苏州网师园的时候所养的一只，是抗战时在山西殉职的郝梦麟司令所赠，那虎儿才生出来六个月，先兄爱到极点，胜过于爱他的儿子，不加锁链，不关于笼子里，驯服过于猫犬，先兄天天和它盘旋，观其一切动态，心领神会，所以写来没有不出神入妙的。先兄在美国时罗斯福总统在白宫专筵招待他，先兄即席挥毫写了二十八只老虎，题"中国怒吼了"。把所有在旁看画的人，都看得呆了。所以我举出韩幹、易元吉、先兄三位来，就是证明写生是最重要的。

我爱画马、画猿、画犬，因之也爱养马养猿养犬，现在我投荒南美，犬马的喜好不能够再有，但还养了猿子十几头啊！

鸟兽有些是不宜入画的，如豺狼鸱枭这些东西，容易启发人的不良观感，猿猴同称，但猴的举动轻率，面型丑恶。

人物

　　画人物，别为释道、先贤、宫闱、隐逸、仕女、婴儿，这些部门，工笔写意都可以。画人物先要了解一些相人术，不论中西大概都是以习惯相法来判别人的贤愚与善恶。譬如戏剧里，凡饰奸佞贼盗的角色，只要一出场，略一举动，不用说明，观众就可以看出他不是善类，那么能够了解相人术，画起来岂不更容易吗？譬如画古圣、先贤、天神，画成了一种寒酸和丑怪的样子，画高人、逸士、贞烈、淑媛，画成一副伧野和淫荡的面孔，或者将一个长寿的人画成短命相，岂不是滑稽？所以我一再说："能懂得一些相人术，多少有一些依据，就不会太离谱了。"如果要画屈原和文天祥，在他们相貌上，应该表现气节与正义，但决不可因他们是大夫和丞相，画成富贵中人的相貌。这是拿视觉引动人到思想，也便是古人所讲的骨法了。

　　画人物最重要的是精神。形态是指整个身体，精神是内心的表露。在中国传统人物的画法上，要将感情在脸上含蓄地现出，才令人看了生内心的共鸣，这个当然是很不容易。然而下过死功夫，自然是会成功的。杜工部说：语不惊人死不休。学画也要这样苦练才对。画时无论任何部分，须先用淡墨勾成轮廓，若工笔则先须用柳炭朽之，由面部起先画鼻头，次画人中，再次画口唇，再次画两眼，再次画面型的轮廓，再次画两耳，画鬓发等。待全体完成以后，始画须眉，须眉宜疏淡不宜浓密，所有淡墨线条上最后加一道焦墨。运笔要有转折虚实才可表现出阴阳凹凸。有时淡墨线条不十分准确，待焦墨线条改正。若是工笔着色，一样的用淡墨打底，然后用淡赭石烘托面部，再用深赭石在淡墨上勾线，衣褶如果用重色，石青石绿那就用花青勾头一道，深花青勾第二道，朱砂用岱赭或胭脂勾它，不论脸及衣褶的线条都要明显，不可含糊没有交代。巾帻用墨或石青，鞋头用朱砂或石青或水墨都可以，看他的身份斟酌来用。画人身的比例，有一个传统的方法，所谓行七坐五盘三半，就是说站起的人除了头部之外，身裁之长恰恰等于本人七个头，新时代的标准美人，八头身高比例之说，哪知我们中国早已发明若干年了。

　　记得少年时读《西厢记》，有金圣叹引用的一段故事，真是画人物的度人金针，抄在下面："昔有二人于玄元皇帝殿中，赌画东西两壁，相戒互不许窃窥，至几日，各画最前幡幢毕，则易而一视，又至几日，又画寅周庬钺毕，又易而一视之，又至几日，又画近身缨笏毕，又易而一视之，又至几日，又画陪辇诸天毕，又易而共视，西人忽向东壁哑然一笑，东人殊不计也，迨明并画天尊已毕，又易而共视而后，西人投笔大哭，拜不敢起。盖东壁所画最前人物便作西壁中间人物，中间人物，却作近身人物，近身人物竟作陪辇人物，西人计之，彼今不得不将天尊人物作陪辇人物矣，以后又将何等人物作天尊人物耶？谓其必至技穷，故不觉失笑！却不谓东人胸中，乃别自有其日角、月表、龙章、凤姿，超于尘埃之外，煌煌然一天尊，于是便自后至前，一路人物尽高一层。"倘能细细领略这段文章，我想要画人天诸相当不至于太难吧！画西壁的那一位，虽然是逊画东壁的人一筹，他还肯自己认输，也不失真艺人的风度。最怕是只知别人眼中有刺，不知道自己眼中有一段梁木啊。

须发

　　画人物的须发，画得不好，好像是一团水泡的黑棉花，勉强黏在头上。画须发唐宋人最为擅长。方法是用浓墨细笔，依着面型方位，疏疏落落略撇十几笔，然后再用淡墨渲染二三遍，显得柔和而润泽，有根根见肉的意思，自然清秀可爱。工笔仕女的头发，也和画人物相同，但是不可用油烟所制的墨渲染，要用松烟墨渲染。先用极淡的逐次加浓，大约三次就可以了。松烟乌黑，油烟有光反觉不黑了。

　　画佛像的头发，要用石青，这石青是三青，亦称佛头青，要二次或三次才能填匀，后用花青重撇发纹就可以了。

仕女

　　画人物要打稿，画仕女当然一样的，更要加意地打稿。工笔仕女，尤不可潦草，一线之差则全面俱坏。打稿仍以柳炭朽之，等朽成以后，墨淡勾过，轻轻拂拭即无柳炭痕迹。画题有至难传神的，必须反复揣摩，不嫌麻烦，三次五次地涂改，至无可议处方可落墨。仕女的容貌与服饰，要高华明丽，丰艳窈窕，各极其态。更要娴静娟好。有林下风度，遗世而独立之姿，一涉轻荡，便为下乘。脸型五官，仍与画其他人物一样，先用淡墨勾线，勾准后再用淡朱砂烘托。眼眶鼻梁用赭石衬出凹凸，额鼻下歂以白粉晕它，古人称为三白脸。如用薄质的纸或绢，可于背后托粉更显得厚润些。最后用深赭重勾，点唇用朱砂，再用西洋红分开。至于衣着，则看画题而定富丽与清雅，衣披裙带花纹，宜参考古人名作，如周昉《簪花仕女》，张萱《明皇纳凉图》，徽宗摹张萱《捣练图》，或敦煌壁画都是最好的资料。

　　重色须用矿物质的，是石青、石绿、朱砂等等，雄精、石黄不可用，因为这两样颜料久了会烧纸，只要用藤黄和粉就行了。胭脂近世已绝，亦只有以西洋红代它了。白粉，古人用砗磲粉、牡蛎粉（通称珍珠粉），历久不变。近世多用铅粉，一遇盐卤的气立变为黑，慎不可用。化学有钛粉，永不变色，可以采用。

　　至于用配景宜梧、竹、梅、柳、芭蕉、湖石、荷塘、红阑、绿茵，切不可用松、杉、槐、柏等树。古人题材有极堪揣摩的，如杨妃病齿、杨妃上马、明皇贵妃并笛等图，能试写几幅最见功力。至于背面侧面皆极不容易施工，侧面的轮廓由额至下颔凸不得、凹不得、蹋不得、撅不得、缩不得、丰不得、削不得，这些皆须十分着意。背面那就要在腰背间着意传她袅娜意态。

点睛

　　人物最难于点睛，顾恺之常说："四体妍蚩，无关于神明，传神写照，正在阿堵中。"画时，先描出眼眶，再勾出瞳人的轮廓，用淡墨渲染二三次，再用浓墨重勾一遍。传神的关键重在瞳人的位置，就是视线的方向要对正面。尤其是画仕女，要怎样才能使画中人顾盼生姿，更要随你从哪一个角度来看，总是像脉脉含情地望着你，你在左她也向着你，你在右她也向着你，正面更是不用说了。乃至将画倒过来，横过去，仍旧是向着你。画中人的眼神与看画人的眼神，彼此息息相通，《洛神赋》所说的"神光离合"就是这个意思了。

题画、用印、装裱

北宋以前中国画,都与西洋画一样,画成之后,只在不显著处,签一个名字便了。因为这幅画的本身是不能再着笔墨,若在显著处题字,岂不有妨画面的美吗?后来文与可、苏东坡、米元章他们几位,都是画、诗、书三绝的人,于是就创出题画的例子来,宋徽宗也是这样的。这种风气至元朝更盛行了。到了明朝,像宋人只在树身石角签名的,几乎没有了,只有仇实父一人,尚自守着老法。题画行款,最为重要。字之大小疏密,篆隶真行,都要和画面相配合。至于题诗或跋,发挥画得未够的地方,或感慨兴怀,和画相得益彰,才是合作。董玄宰常说,题画诗不必与画尽合,但期补画之空白,适当为佳。此真是行家语,元明以来没有人道破,只有这位老先生提出来,功德真是不小。题字最忌高高矮矮,前后必须平头,若有高低参错,便走入江湖一路,如世传扬州八怪的李复堂、郑板桥,千万不可学。

印章也是方形的最好,圆印还可,若腰圆天然形等,都不可用。工笔宜用周秦古玺,元朱满白。写意宜用两汉官私印信的体制,以及皖浙两派,就中吴让之的最为适合,若明朝的文、何,都不是正宗。名号印而外,间或用闲章,拿来做压角的用场,那印文要采古人成语,和画面或本身适合的。

印泥是朱砂最好,朱磦第二。朱砂红紫,朱磦略带黄色,这两种越久越觉沉着古艳。但朱砂本负重,装在缸内,一天不搅,油就四面溢出。俗语说:"若要印色好,一天搅三搅。"即是说朱砂不搅要走油。现在制印色卖的,大部是用洋红,又美观,又不走油,只可惜历年稍久,颜色就衰退了。

装裱是我国画必不可缺的,因为我们用的纸和绢是软质的,画时受了水墨和颜色的胶水浸渍，干后就有凸凹皱痕，若不衬托，非但不如原来的样子，还要减色。所以第一步必须要衬托。至于装池，墨笔或淡设色，是湖水色，和浅米色的绢一色挖嵌为雅，切不可用深颜色的绫绢。深重的颜色，只宜于装潢宋元破烂绢本，或是磁青上的泥金画。若工笔或金碧青绿，可用宣和裱式，就是所说三色的：玉池用湖水色绢，隔水用米色绫，天地用略深湖水绫，惊燕与隔水同一材料。玉池要用绢的缘故，是留来让人题跋的。轴头是紫檀、黄杨、象牙为最雅，瓷、犀便是其次了。

| 鉴藏丛谈 |

如何鉴定古画

谈起鉴定古画，我对元四大家王叔明、吴镇、倪云林、黄子久，是一眼便能分辨出是谁的作品；明代沈周、文征明、董其昌等人的作品，也能区分出真伪，但（创作）年代倒不见得有把握；而石涛和八大山人的作品则更不消说了，我只要一看八大山人签名的这四个字，所说出的年代不会有三年（以上）的出入。

要鉴定真画假画，不只要看笔触等，更重要的是看气韵。真画有一股真气，像是要对你说话（当然，这是要对书画鉴赏达到某种程度后才能听见这种语言的）。比如说，宋人的画我们于今天看来，就要比明人、清人看得更清楚，因为旁证更多了。先说纸，由宋代挂到现在，定然看得出痕迹。再说墨，则宋人的墨是最好的，墨色因年代久远，也必然会变，这也观察得出。其次再看题款，以及收藏章等，元、明、清各代的收藏章均各有特色，印的颜色不是能假得了的。所以齐白石的画，现在则难以从这些角度去辨别真假，因为他用的纸和印章到现在都还有，因而只能去看它的气韵和神气，由作品的气韵和神气去鉴别其真假。

比如说金冬心的东西吧，他的画，绝大多数是他两个学生代笔的（罗聘、项均）。他两个学生的代笔之作，也全都比他自己画得好。画得最坏的金冬心才是真的金冬心。可是话说回来，这个最坏也就是最好，因为这种拙稚的趣味是别人学不来的。他的学生画得再好，总摆脱不了职业画家的习气。

以前我们总以为日本人鉴赏中国书画内行，其实不然，你看这张他们认为是最好的金农（字寿门，号冬心）的作品，其实正是我画的！

金冬心的画画得极其蹩脚，但是又好得不得了。他六十二岁才学画，画画的技巧跟孩童相似，但是他的画却魅力十足。除了他的画中隐然有股金石气外，我还佩服他的诗文，他的画也是"腹有诗书气自华"的产物，虽然欠缺技巧，但却是标准的文人画，雅极了！

金冬心先生的墨色之黑，只有黑炭可比。这些人连墨色都不研究，就把我写的金冬心当作真的买了去，更不用谈笔法了。

要让内行人来看，金冬心写的"漆书"，学问才大哩！那个笔也不知用的是啥子笔，一落笔就有两个小开叉似的分成三股子走，然后笔力才汇聚在一起，一笔到快停顿时，笔路先按下来一点再稍微往上扬。我对之下了许多功夫，结果还是不满意，一看就晓得，学不到家嘛！

金农的字不但笔法是自创，结构也是自创，所以难学。

徐文长假的东西太多，先要看真假，才能断好坏。不过有时候，假的东西比真的还好！

我收藏古书画的真正目的

许多人，包括我的家属和不少朋友们，对于我在收藏上都很有意见。他们认为我在买一件古书画时，不管价钱有多高，购有多难，是否划算，我看中了的就一定要买。但是买来之后，只用了不久，我就用不多的几个钱把这些古书画给"贱卖"了，因而大家都叫我是"冤大头"，说我是个"傻儿"。其实，这是他们还没有懂得我收藏的真正用意。

我收藏古书画的真正目的：一是欣赏，二是学习，最主要的是为了学习。一件古画或法书名迹，其中必然有值得我学习的地方，或是其笔墨，或是其构图，或是其意境，或是其设色……我买来之后，仔细将它们把玩观摩，用心用力地把它们给吃透背熟，吸收了其长处，变成了我自己的，也就达到了我的目的。而所买的古书画的钱，即等于是我交了自己的学费而已。而学好（这一件）之后，我要再学别的，当然就还得要再购买别的古法书名绘。说句老实话，我如果有经济实力，能把先前买下来的名古书画留下来更好，其实我也舍不得卖。但是没法呀，我没有钱，我只有卖了旧的，方才有能力去买新的。我不是古董商人，专门搞"低进高出"那一套，一心以盈利为目的。我是为了艺术，为了学习，要加快周转，在一定的时间内学到更多的东西，就只能把我用高价购买的古名书画用低价去尽快脱手，以便我能够尽早去买到新的古书画名迹来学习。即我只能搞"高进低出"藏品，这样才能使我的艺术在短时期内有尽可能大的提高。

题画十则

一、题大风堂藏《大涤子山水册页》三册

此册为马氏小玲珑馆旧藏，今归大风堂主人。画境之高远，题语之离奇，洵为大涤子平生得意之作，而其尺寸之大（高十八寸、宽十二寸），尤所仅见。恐从事搜求，终无有出乎其右者！

此册为秀水金兰坡旧藏，今归大风堂主人。书画对题共二十幅，用笔精细入微，仍具纵逸文气，绝无雕琢之痕，迥非石谷子所能及者。王奉常称为大江以南第一，良不诬也。

此册高十寸，宽七寸。

此册共十三页，引首石涛《种松图》，小像有翁覃溪、伊墨卿诸名人题识。册中用笔浑灏流转，脱尽恒蹊，而其粗细相间，墨彩焕发，实得乎古人计白当黑之旨，宜其超迈侪辈也。

此册高十八寸，宽十一寸。

大风堂收藏大涤子画山水册子计有三册，庚午（一九三〇年）由上海烂漫社影印出版，前言云："大风堂主人张善孖及其弟大千，雅富收藏，尤好石涛，搜罗不遗余力，故所得悉属精品。本社商得版权，先影印三册，尺寸系依原样，使观者与真迹同珍也。编者志。"

二、题画《西园雅集图》

李伯时效唐小李将军为着色泉石云物，草木花竹，皆绝妙动人，

而人物秀发，各有其形，自有林下风味，无一点尘埃气，不为凡笔也。

其乌帽黄道服提笔而书者，东坡先生也；仙桃巾紫裘而坐观者，为王晋卿；服巾青衣据方几而凝伫者，为丹阳蔡天启；捉椅而视者，为李端；床后有女奴，云鬟翠饰，倚足自然，富贵风韵，红绿相间。下有大石案，陈设古器瑶琴，芭蕉围绕。团巾蚕衣，手秉蕉而熟视者，为黄鲁直；幅巾野褐，据横卷而画渊明归去来（辞）者，为李伯时；披巾青服，抚肩而立者，为晁无咎；跪而捉石案观画者，为张文潜；道巾素衣，按膝而俯视者，为郑靖老。后有童子执灵寿杖而立，二人坐于盘根古桧下，幅巾青衣袖手侧听者，为秦少游；琴尾冠、紫道服、拨阮者，为王仲至。有蓬头棒顽童，捧石砚而立，后有锦石桥，竹径缭绕于青溪深处之翠阴茂密中，有袈裟坐蒲团为说无生者，为圆通大师；傍有幅巾褐衣而谛听者，为刘巨济。二人并坐于怪石之上，下有急湍潺流于大溪之中，水石潺湲，风竹相吞，炉烟方袅，草木自华，人间清旷之乐不过于此。嗟呼，汹涌于名利之场而不知退者，岂易得此耶！

自东坡之下，凡十有六人，以文章议论，博学辩识，英辞妙墨，好古多问，豪雄绝俗之资，高僧羽流之杰，卓然高致，名动四夷。后之览者，不独画之可观，亦足仿其人耳！

蜀郡张爰画并书，丁丑四月昆明湖上

三、题画《仿南唐顾闳中之斗鸡图》

己未（一九一九年）之秋，侍先师农髯、梅庵两先生观狄平子丈所藏书画于平等阁，宋、元、明、清都百数十幅，皆一时妙绝之尤物，王叔明《青卞隐居》尤为惊心动目，最后南唐顾闳中《斗鸡图》。主人颇自矜诩，叹赏咨嗟，誉为人间瑰宝。余方年少，未谙鉴赏，但觉其气宇凡近，运笔平滞，证以《宣和画谱》所载，殊为不类，当非真迹。因暗掣梅师襟角以叩。师曰：代远年湮，末由证之，道君皇帝御题其上，宜无疑耳。盖师碍于主人，心固未许。

前年西出嘉峪，展佛莫高，历时三载，得观三唐五代壁画，多至二百余窟，倘以幅计何止千百。追忆狄公此图，决其为伪。每与门生子侄言之，二三子数谓图写，冀还旧观。

竭来成都，寇患方亟，空袭频仍，坐不暖席。顷者穷房摧伏，栖止略安，八年郁郁，一朝开颜，乃损益其稿，命为此，未识与顾原迹有少分相吻合处否？因缕记之，以寓一时兴会，惜不能起两师而请益，至深怅怅耳！

乙酉（一九四五年）八月，蜀郡张爰大千父于大风堂下

四、题大风堂藏董源《江堤晚景图》

八年前，余客故都时，曾见此董源双幅画。自南北沦陷，余间关归蜀。敷年来，每与人道此，咨嗟叹赏，不能自已。

去秋东房瓦解，我受降于南京，其冬余得重履故都，亟亟谋观此图。经二阅月，始获藏予大风堂中，劳神结想，慰此遐年，谢太付折屐良喻其怀。

米元章尝论，董源画天真烂漫，平淡多奇，唐无此品，在毕宏上。今世欲论南宗荆、关不可复见，遑论辋川，惟此董源为稀世宝！予尚有淡设色湖山欲雨图，亦双幅，与此可谓延津之合，并为大风堂琼璧。

丙戌（一九四六年）二月既望，昆明湖上雪复书，蜀人张爰大千

五、题徐悲鸿藏《八十七神仙卷》

悲鸿道兄所藏《八十七神仙卷》，十二年前，予获观于白门，当

时咨嗟叹赏，以为非唐人不能为。悲鸿何幸，得此至宝，抗战既起，余自故都避难还蜀，因为敦煌之行，揣摩石室六朝隋唐之笔，则悲鸿所收画卷，乃与晚唐壁画同风，余昔所言，益足征信。曩岁，余又收得顾闳中《韩熙载夜宴图》，雍密华贵，粉笔纷披。悲鸿所藏者为白描，事出道教，所谓朝元仙杖者，北宋武宗元之作实滥觞于此。盖并世所见唐画人物，唯此两卷，各尽其妙，悲鸿与余得宝其迹，天壤之间，欣快之事，宁有逾于此者耶！

戊子（一九四八年），大千张爰

六、题仿董北苑《山寺浮云图》

书画舫云：董玄宰太史酷好北苑画迹，前后收得四本，内唯《潇湘图卷》为最，至以四源名其堂云。按米氏画史曰：董源平淡天成，唐无此法，在毕宏之上，近世神品，格高无与比也。峰峦出没，云雾显晦，不妆巧趣，皆得天真。岚色郁苍，枝干劲挺，咸有生意，溪桥渔浦，洲渚掩映，一片江南也！去年冬重游海上，二三知己，不时以书画相鉴赏，遂收得北苑《潇湘图卷》，因乞永嘉方介堪为治"潇湘画楼"印，以庆斯图之来归。余先收得《江堤晚景》《风雨出蛰》二图，并此为三源矣。它日珍品更有所获，当不令董老专美于前也！

七、题临北宋刘道士《湖山清晓图》

此北宋刘道士笔也，世久传以为巨然写。《壑林松风图》予得之西江蔡嵩庵先生家，细审其用笔，与予旧藏江山晓兴卷，神灵虽一，而细秀温润，殆不能合。江山晓兴与故宫《秋山问道图》，俱作矾头，凤蒲苔作散簇，要皆与此图不类。旧传巨然同时，有刘道士，建康人，佚其名，并师董源，与巨然画亦相似，惟刘道士以道士在左，巨然以僧在左，此图画中人，朱衣拄杖，正道士也，正可以为别。

岁庚寅嘉平月，记于大吉岭，此为第二本，此识。

蜀人张爰大千父

（一九五〇年）

八、题黄宾虹《峨眉道中图》

（黄）宾虹先生与予先仲兄善孖，同组烂漫社，宾老年最长，为社长，社即在予兄弟西门路寓庐，朝夕无不接其言笑也，时其画尚遵其乡郑旼，郑亦字穆倩，与程邃同为海上画人，或有误为宾老师法程师者。已而宾老入蜀，主讲成都艺专，遍游蜀中山水，画风大变，已而返沪，仍住予家。抗战军兴，携眷予又返蜀，不相见者八年矣。我受降之初，即入北平，则先生之画又一变矣。此幅乃其出（三）峡之作，与晚岁居杭之作又自不同。

一九七九年己未闰月，爰翁

九、题临石涛山水

足迹不经千万里，眼中难见世间奇；笔锋到处无回顾，天地为师老更痴。大涤子本，大千居士临之。

此予三十年前所作，当时极意效法石涛，惟恐不入，今则惟恐不出，书画事与年俱异，盖有不期然而然者矣。

甲辰四月展观，点染数笔因题。

爰翁

十、题赠王个簃《张大千书画册》

个簃吾兄赐正。

六十年前,兄弟俱在英年,西门路寒舍,兄自安梯升墙,舐弟所藏六如所画仕女,弟大惊,兄莞尔曰:"试她究竟甜否?"今俱老矣,尚能为此狡狯否?弟已耳重眼花,行步须扶杖,且患心腹之疾,奈何,奈何!

弟爰顿首
一九八三年于台北摩耶精舍

故宫名画读后记

　　一九五九年夏，台湾博物馆及台北故宫博物院两博物院既选所藏名画之精者三百帧，付日本影写竟，将以布诸海内外。而余适自台澎道日，获先睹焉。籀览既竟，对兹异宝，乃不能无言。

　　盖吾国古物之毁于兵燹者，屡矣。北宋以前之藏无论已，自宋高宗都临安，雅好艺文，所藏珍秘独多。宋亡，元人捆载以北。明太祖定鼎南都，取元人之藏而南，迨成祖都燕，又自南迁而北。明清变革之交，故都独未被兵，故所藏独完。益以清高宗右文，搜求益富。共和肇造，七鬯无惊，政府特设故宫博物院以董理之。其后北都虽数传警，书画鼎彝复有巴蜀台澎之迁播，然神物所在，毫发无损，若有神鬼为之护呵者，吁可异已！自顷海寓大通，故家所藏之流散海内外者虽多，然以视斯藏，历载八百，为卷逾千，卓然为华夏文物之宗，寰海视瞻所系，旷绝古今中外无其俦对者，则不可同年而语也。两院执事以时为之影写传播，使鉴藏者得所赏，研习者得所宗，而泰西人士之欲探吾艺事之真者，亦得所津逮，是真扬阐国光，以美育为天下教者，其盛事也。

　　余以为吾国绘事之难也，非仅形之似物之状写而已。其状物也，必先究用笔，而后究结构，而后究机趣，终以究其神为归焉。其始学也，必先师古人，而后师万物，而后师造化，终之以师吾心为的焉。吾心之灵，与物之神遭，故其所状花草虫鱼，非仅世之花草虫鱼也，而吾心所住之象也。其所写山川风物，非仅世之山川风物也，而吾心所造之境也。故必通之于书，泽之以学，合之以其人之品节风概，而后所谓气韵也，神味也，意度也。作者既悉于是焉发之，读者亦悉于是焉喻之，出乎天天，入乎人人，艺之通于道也盖如此。诗人所推为极经营惨淡之能事，而笔参造化天若无其功焉者，是岂仅斤斤于形之似不似，恣其意之所为而已哉。而等差其高下也，又必以时为断，以古为极，非必古之昵之崇之嗜也。明清之不及宋元，宋元之不及五代，五代之不及唐，盖若有界画为之域焉，非可伪而为也。明清之必法宋元，宋元之必法五代，五代之必法唐人，又若有阶陛便其登焉，非可躐而升也。是岂真有气运风会为之主张纲维耶？

盖古人之治一艺也，非惟所秉于天者独厚也，其用心之专，致力之勤，体物之精，而其视世之悠忽之誉，一不足以撄其心，凝神敝精，穷老尽气而不惰懈，故所成就乃卓卓如此，非后世所可几及。以其不可及也，而以为若有气运风会绾其枢焉，委于于天而不策之于人，斯岂古人意哉。然而别择鉴赏之事，乃由是而起。

夫鉴赏非易事也，其人于斯事之未深入也，则不知古人甘苦所在，无由识其真。其人之也深，则好尚有所偏至，又无由鉴其全，此其所以难也。盖必习之也周，览之也博，濡之也久。其度弘，其心公，其识精，其气平，其解超，不惑乎前人之说，独探乎斯事之微，犀烛镜悬，庶几其无所遁隐，非易事也。以余谫陋，何足以尚论古人，惟事斯艺垂五十年，人间名迹，所见逾十九，而敦煌遗迹，时时萦心目间，所见之博，差足傲古人。惟比目病障，如堕云雾中，鉴观之事，惟有遇以神而不以目，望其气而不泥其迹，暗中摹索，略得其概。

愚见所及，窃以为若李赞华《骑射图》（运笔神隽，非龙眠所能企及，是五代人笔）；若巨然《秋山问道图》（巨然当以此为准则。日本之《山居图》、金匮之江山晚兴卷，与此为一派）；《萧翼赚兰亭图》（已开吴仲圭派）；若赵幹《江行初雪图》（起首一段似北苑寒林重汀）；若丘文播文会图（有唐人遗意，丘画无第二件，然决为五代人笔，波士顿之阎立本校书图与此同稿，然不及此稿简也）；若黄居寀《山鹧棘雀图》；若五代人《丹枫呦鹿图》（有六朝遗意）；若范宽《溪山行旅图》（另幅行旅图为王石谷摹本）；若惠崇《秋浦双鸳图》（必是宋画。若云惠崇，他无可证）；若郭熙《早春图》（有款有印，宋人画以此为创见），《关山春雪图》；若崔白《双喜图》；若文同《墨竹图》（惜四周不全，广东罗原觉氏有一幅，与此可称双壁）；若李公麟《免冑图》（真公麟巨制）；若宋徽宗《腊月梅山禽图》《文会图》（行书题尤难得）；若李唐《万壑松风图》（款在左中远峰上），《江山小景图》；若江参《千里江山图》；若马和之《古木流泉图》；若赵伯驹《海神听讲图》；若苏汉臣《秋庭戏婴图》；若马远《华灯侍宴图》；若夏圭《溪山清远图》；若陈居中《文姬归汉图》；若梁楷《泼墨仙人图》（中国只此一幅）；若法常《写生卷》（此只长卷一半，其一半为叶遐庵所有）；若张胜温《文殊请问维摩大士像图》（有唐人遗意，人间孤本）；若钱选《秋瓜图》；若武元直《赤壁图》（项子京以为朱锐笔）；若宋人雪图；若赵孟頫《鹊华秋色图》、《槀木竹石图》《临黄筌莲塘图》；若管道《竹石图》（董文敏谓为子昂捉刀）；若高克恭《云横秀岭图》；若陈琳《溪凫图》（水为子昂所加笔）；若赵雍《骏马图》；若刘贯道《元世祖出猎图》；若黄公望《富春山居图》；若吴镇《清江春晓图》《秋江渔隐图》《渔父图》《竹女图》；若曹知白《群山雪霁图》；若朱德润《林下鸣琴图》；若唐棣《霜浦归渔图》；若卫九鼎《洛神图》（远山当为云林笔）；若颜辉《画猿图》（殊欠物情）；若柯九思《晚香高节图》；若盛懋《秋林高士图》；若张中枯《鹦鹉图》；若倪瓒《雨后空林图》《江岸望山图》《容膝斋图》《修竹图》；若王蒙《谷口春耕图》；若方从义《神岳琼林图》（大似山樵，着色稍滞）；若方厓《墨竹图》（竹佳石不称耳）；若王冕《南枝春早图》；若赵原《陆羽烹茶图》（用笔在仲圭子昭之间，惜太黏滞）；若徐贲《蜀山图》；若王绂《山亭文会图》《淇渭图》；若边文进《栗喜图》；若姚绶《寒林鹦鸰图》；若明宣宗《戏猿图》；若陈宪章《万玉图》；若唐寅《山路松声图》；若文征明《江南春图》《品茶图》；若仇英《秋江待渡图》（出龙宿郊民）《桐阴清话图》，（此画四幅，实父为子京画，故宫一为蕉阴结夏，一为此，一在庞莱翁家，已忘其名。一为寒斋所有，为老妪乞书），《云汉仙馆图》；（与大风堂之仙山楼阁同一笔法）；若董其昌《奇峰白云图》；若张大风《画诸葛亮像》（此独大风湿笔，他画多瘦削空钩）；皆古人之真迹，画坛之瑰宝，悬诸日月而不刊者也。

至若唐人《萧翼赚兰亭图》之为晚唐稿本而宋人摹之，若《卢鸿草堂图》之疑为龙眠摹本（用笔稍拘）；若韩幹《牧马图》，《胡环回猎图》之为宋人笔；若唐人《明皇幸蜀图》之为唐本而宋人临之（用笔欠浑融）；若关仝《山溪待渡图》之疑为燕文贵笔；《秋山晚翠图》之疑为李成笔；若李坡《风竹图》之为南宋人笔（宋而后始有渴笔也）；若巨然《秋山图》之为梅道人笔；《溪山林薮图》之为江参笔；若赵嵒八达《春游图》之为宋人高手；若范宽《雪山萧寺图》之为南宋人笔；若王诜《瀛山图》之为钱舜举笔；若董其昌《霜林秋思图》之为沈子居代笔；若宋人《梅竹聚禽图》之为崔白手笔，《枇杷戏猿图》之为易元吉《槲树双猿图》（至精本）；若元人仿朱氏《云山图》之为高房山笔；若元人《宫乐图》之为晚唐人真本（历代鉴赏家乃屈之元人，斯为异事）。其人其时略有出入，此则历来赏鉴者每以跻之较古为可贵，而未尝措意其时之风尚者也。然而其以为唐者虽不必真唐，而必五代高手所摹焉。其以为五代者，虽不必真五代，亦必北宋大家之作焉。其以为宋者，虽不必真宋，要必元硕师之笔焉。风尚虽以时而异，而渊源所从来，法度所循，临摹所自，不可掩也。然则吾以为非其人其时者，亦降其时会言之耳。吾人以元视宋，以宋视五代，以五代视唐，则仍五代宋元名迹也。近世得一宋元真迹，其值连城，况百数十帧之萃于一集邪？其足宝贵又宁待言邪？抑余所不惮为之别白者，盖欲证前人所已明，而补其所未至。其精确而不疑者，得吾说而益著其精。其时与人小误者，得吾说乃益见其真。此辨章学艺之事，非敢轻心以掉之也。昔董文敏为晚近书画鉴赏大家，然其鉴古也，明于董巨荆关而暗于马夏，则所从人之途异也。以余寡识，远逊文敏，吾岂敢谓所鉴别者皆至精而不谬。然积其目验，参以心得，窃欲揭古人面目之真，以示来学途径之正。斯则区区之心，可质之天下而无怍者耳。

抑余又有感于文物之残毁，多出于易代争攘兵戎之会。而涵德性，瀹灵襟，又莫过于绘事。盖有见人物之高致，而生其思古之情焉。见山川之幽邃，而动其栖遁之思焉。见鸟兽虫鱼之跃然纸上，而发其万物一体之念焉。常有睹名迹而若身入其中，欲弃百事而从之游者。画之足移情怡性，非他艺事可望。今之大宇，一争攘疑猜机诈角逐之会也，兵戎之祸，乃随时可作，举世既忧虑惶惑，若不知所以拯之者。而兹编适于斯时出，意者斯世之人得以沐浴乎艺海，优游乎画苑，以化其犷悍之气，释其惊怖之念，以美为教，庶几斯世之跻于至美之域。不惟含生之伦，得以全其生，而兹文物之瑰宝，亦得永存于天地间而不朽坏。两院执事诸君，其亦有复人性，新民德，斡世运之意乎？斯尤余所为欢喜赞叹而不能自已者也！

　　　　一九五九年夏五月，蜀郡张爰大千父记于大风堂